掌悦经典

人间失格

[日] 太宰治 / 著

烨伊 / 译

江苏人民出版社

图书在版编目（CIP）数据

人间失格 /（日）太宰治著；烨伊译．— 南京：江苏人民出版社，2018.12（2023.9 重印）
（掌悦经典）
ISBN 978-7-214-22657-0

Ⅰ．①人… Ⅱ．①太… ②烨… Ⅲ．①中篇小说—小说集—日本—现代 Ⅳ．① I313.45

中国版本图书馆 CIP 数据核字（2018）第 229289 号

书　　名　人间失格
著　　者　［日］太宰治
译　　者　烨　伊
责任编辑　卞清波
出版发行　江苏人民出版社
地　　址　南京市湖南路 1 号 A 楼，邮编：210009
印　　刷　天津丰富彩艺印刷有限公司
开　　本　880 mm × 1 230 mm　1/32
印　　张　7
字　　数　160 000
版　　次　2018 年 12 月第 1 版
印　　次　2023 年 9 月第 4 次印刷
标准书号　ISBN 978-7-214-22657-0
定　　价　38.00 元

目录

生而为人，对不起

人间失格

序言

我曾见过三张那个男人的照片。

第一张，应该是他童年时的照片，年龄约莫十岁。这个孩子站在庭院池畔，被一群女人（或许是他的姐妹们，抑或表姐妹们）簇拥着，穿着粗条纹和服裤裙，头左倾三十度左右，笑得很难看。难看？不过，如果感觉愚钝的人（亦即那些对美丑不敏感的人）摆出一副冷淡麻木的表情，随口客套一句“真是位可爱的小少爷呢”，这夸奖听上去也不像是虚情假意。可若是对美与丑稍有鉴赏能力的人，或许只消看一眼，就会颇不愉快地嘟囔一句“什么嘛，这孩子真招人讨厌”，然后用掸落毛虫似的动作把照片扔到一边。

说不上为什么，那孩子的笑脸，愈看愈让人感到莫名的厌烦与阴森。那根本就不是在笑。那孩子一点笑的意思都没有。他握紧双拳的站姿便是证据。人，是不会在握拳的同时还能笑得出的。只有猴子才会。那分明是猴子的笑容——只是在脸上挤出丑陋的皱纹而已。照片上的他诡异至极，若有人说他是“脸皱成一团的小少爷”也不为过，且他表情猥琐，让人很不舒服。至今为止，我从未见过神态如此诡异的小孩。

第二张照片里，他的脸发生了惊人的变化。那是他学生时代的照片。虽无法断定是高中时代还是大学时代，但照片里的人已然一副相貌俊美的学生模样。不可思议的是，照片上的他，同样没有活人的气息。他穿着校服，胸前的口袋露出白色手帕一角，两腿交叉坐在藤椅上，面带笑容。这次不再是满脸皱纹的猴子笑脸，而是相当有技巧的微笑了，却不知为何，还是与常人有异。类似于血气的凝重，或是生命的艰涩之类切实的东西，在这笑容中概不存在。那笑容不像鸟，而像鸟轻盈的羽毛。他笑着，如同一张白纸，让人觉得，他的一切都是虚假的。这笑容，用“矫揉造作”不足以形容，说是“轻薄”也不妥当，说成“娘娘腔”也不贴切，说是“赶时髦”也全然不符。而且，仔细端详后发现，这位美少年身上依然有种莫名的诡谲气息。至今为止，我从未见过如此诡异的俊美青年。

第三张照片，最是出奇。其年龄无从推测。他的头发略显花白，在脏乱不堪的屋子一角（照片清楚地拍出屋子的墙壁约有三处已崩裂），两手在小小的火盆上烤火。这次他没有笑，没有任何表情。似乎他坐在火盆边伸手烤火的间隙，生命就会自然消亡一样。这着实是张令人厌恶、触霉头的照片。怪异的地方不止于此，由于这次刻意给了面部特写，我得以仔细观察这张脸的构造。额头普通、额头上的皱纹普通、眉毛普通、眼睛普通，鼻子、嘴、下颌也普通。天哪，这张脸岂止没有表情，简直不会给人留下任何印象，因为它毫无特色。倘若我看了这张照片后闭上眼，完全不会记起这张脸的模样。我能记起房间的墙壁和小火盆，但房间主人的脸却像云雾一般在我脑中消散，无论如何也记不起来。那张脸构不成一幅画面，用漫画也画不出来。再次睁眼去看，我甚至也不会有“啊，原来长成这样，想起来了”的喜悦。极端地说，纵使我睁眼再看这张照片，也丝毫不觉熟悉，反而觉得怏怏不乐、焦虑难安，不自觉地想把目光移开。

即使是所谓的“死人之相”，也应该比他更有表情，更让人印象深刻才是。或许把马的脑袋硬安在人的头上，才会产生与它类似的感觉。总之，任何人看了这照片，都会有种莫名的抗拒与恐慌。至今为止，我从未见过长相如此诡异的男子。

第一手札

我这一生，尽是可耻之事。

我总是无法理清人类生活的头绪。我从小在东北的乡间长大，初次见到火车，是年纪稍大后的事了。我在火车站的天桥上爬上爬下，满以为它是为了把车站建得像国外的游乐场一般复杂有趣，而特地打造的新潮设施。很长一段时间里，我对此深信不疑。在天桥上爬上爬下，曾是我最拿手的游戏。我原以为，那是铁路局最为贴心的服务之一。后来我发现，天桥不过是供乘客跨越铁路而设，只是一段实用性的阶梯，于是顿感索然无味。

此外，幼年的我在绘本中见到地铁，也不以为它是为实际需求而建，竟自认为比起地面上的车，地底下的车别出心裁、乐趣非凡，这应是地铁出现的缘由。

我自幼体弱多病，长期卧床在家。躺在床上，我笃定地认为这些床单、枕头套、被套都是单调乏味的装饰品。将满二十岁时，才得知这些竟也都是实用品。我颇感意外，对于人活于世的简朴，不禁悲从中来。

还有，我不懂得饥肠辘辘的滋味。不，我并非要傻乎乎地说明自己成长在不愁衣食的大户人家，只是我的确不曾体会饥饿之感。这样说来或许奇怪，我是那种即使饿了，也无法自察的人。中小学时，每当放学回家，周遭的人们总会七嘴八舌地吵着："肚子饿了吧？我们都是过来人，放学回家的时候肚子总会饿得够呛。来点甜纳豆如何？还有蛋糕和面包哦。”我也总会发挥自己与生俱来的讨好人的精神，嘴上说着“我饿了”，顺手把十颗甜纳豆扔进嘴里。但其实，那时的我对于饥饿一无所知。

当然，我的食量并不小，记忆中却几乎不曾因饥饿而进食。我吃人们眼中的山珍海味，也吃众人艳羡的奢华之食。外出用餐时，总会勉强自己吃到撑。年幼之时，于我而言，最痛苦的时刻，莫过于在自家用餐的时候。

在乡下家中，每逢用餐，全家十余人的餐盘都分成相对的两列排开。身为幺子的我，自然坐在末座。用餐的房间光线暗淡，午饭时，十几位家人默默坐在桌前扒饭，这光景总是让我不寒而栗。我家是传统守旧的乡下家庭，菜色大都墨守成规，我渐渐对山珍海味或奢华之食不再抱有期待，最终竟觉得吃饭的时刻是可怖的。我坐在那幽暗房间的餐桌末端，因恐惧而寒战连连，把饭食一点点强压进口中，闷想着：“人为何一天非吃三餐不可？”每个人吃饭时都表情严肃，用餐俨然如某种仪式：一家人须得每日三次，准时聚集到一间幽暗的屋中。餐盘的顺序要摆放正确，即使并不饿，也须沉默着低头咀嚼饭食。以至于我曾以为，这是在向家中蠢蠢欲动的亡灵们祈祷。

在我听来，“人不吃饭就会死”这句话不过是可恶的恐吓之词。然而，这种迷信的说法（到现在我仍觉得这像是某种迷信）却总能带给我不安和恐惧。人不吃饭就会死，所以必须劳动、吃饭——对我来说，再也没有比这更让我觉得艰涩难懂、更具有胁迫感的话语了。

即是说，我对人类的行为，至今仍无法理解。我的幸福观与世人几乎大相径庭。为此，我深感不安，夜夜辗转反侧、呻吟不止，甚至精神发狂。我究竟能否称得上是个幸福的人呢？自幼时起，就常有人说我幸福，我却总觉得自己有如身陷炼狱，那些说我幸福的人在我看来反而比我幸福许多，他们安乐的生活远非我所能比拟。

我甚至曾认为，自己背负着十个灾祸。若任意将其中一个交与旁人背负，恐怕都足以令人丧命。

总之，我不懂。旁人承受的痛苦的性质和大小，我完全捉摸不透。现实生活中的痛苦、只是吃个饭就能化解的痛苦，或许才是莫大的痛苦。也许，我刚才所说的那十个灾祸在这些痛苦面前，不值一提。也许那些我无法理解的痛苦才是凄惨的阿鼻地狱。果真如此吗？我不知道。但即使如此，那些人依然不想轻生、不会发狂、纵谈政治、毫不绝望、毫不屈服、继续与生活作战。他们不觉得痛苦吗？他们变得自私自利，甚至视其为理所当然，难道从未怀疑过自己？若真如此，那真是快活。不是每个人都是如此吧？真的都满足于此吗？我不知道……在夜里酣然入睡，一早醒来就会神清气爽吗？他们做了怎样的梦？走路时想些什么？想着钱的事情？不会仅此而已吧？我似乎听说过“民以食为天”，却从未听过“人为钱而活”。不，也许因人而异吧……我还是搞不懂……思绪渐感困惑之时，我越发惶恐不安，仿佛自己是这世上的异类。我与旁人几乎无法交谈，因我既不知该谈些什么，也不知该从何谈起。

于是我想到一个办法，就是用滑稽的言行讨好他人。

那是我对人类最后的求爱。我极度恐惧人类的同时，却无论如何也无法对人类死心。于是，我靠滑稽这根细线，维系着与人类的联系。表面上，我总是笑脸迎人，可心里头，却是拼死拼活，在凶多吉少、千钧一发的高难度下，汗流浃背地为人类提供最周详的服务。

我的家人有多痛苦？为了生计他们在思考些什么？自孩提时起，我就对这些事一无所知，只是畏缩着，不堪承受家人之间的隔膜，因此从小就练就了取悦他人的本领。换言之，不知从何时起，我成了一个不说半句真话的孩子。

翻看那时与家人的合照便可发现，其他人都一本正经，只有我一个人，必定笑得诡异而扭曲。那是我取悦他人的一种幼稚而可悲的方式。

而且，无论我被家人怎样责怪，也从不还嘴。哪怕只是戏言，于我也如晴天霹雳，令我为之疯狂，哪里还谈得上还嘴？我深信，他们的责备才是亘古不变的“人间真理”，只是我无力践行真理，无法与人共处。因此，我无力反驳，也无法为自己辩解。只要被人批评，我就觉得对方说得一点都没错，是我自己想法有误。因此我总是黯然接受外界的攻击，内心却承受着疯狂的恐惧。

受人责备或怒斥时，或许没有人能保持好心情。但我在人们怒不可遏的脸上，看到了比狮子、鳄鱼、巨龙更加可怕的动物本性。寻常时候，他们似乎会将这本性刻意隐藏，但一有机会，人类可怕的真面目就会在愤怒中不经意地暴露出来。就像在草地上安稳打盹的牛，冷不防甩尾，“啪”地打死肚子上的牛虻。每每见到人类露出本性，我都惊悚得汗毛倒竖。而一旦想到，这种本性或许是人活于世的必备资质之一时，我简直要对自己绝望了。

面对世人，我总是怕得发抖。对于同样为人的自己的言行，更是毫无自信。我将懊恼暗藏于心，一味地掩盖自己的忧郁和敏感，竭力把自己伪装成纯真无邪的乐天派，逐渐将自己塑造成一个滑稽逗乐的怪胎。

怎样都好，只要能让他们发笑就好。如此一来，即使我置身于人们所谓的“生活”之外，他们应该也不会太在意。总之，不能碍着他们的眼，我并不存在，我是风、是虚空——类似的想法日益累积，我就这样用滑稽的办法逗乐家人。在那些比家人更神秘、更可怕的男佣和女佣面前，我也竭力提供滑稽小丑的逗乐服务。

我曾于夏天，在单件和服里穿上红色毛衣在走廊里走动，以博家人一笑。连平时不苟言笑的大哥，见了我也忍俊不禁。

“喂，阿叶，这样穿不合时宜啦！”

他的语气中满是疼爱。不过，再怎么说，我也不是那种愿意在大热天穿着毛衣走来走去、冷热不分的怪人。其实，我只是把姐姐的绑腿缠在了手臂上，然后故意让它们从和服袖口中露出一截，在旁人看来，就好像穿了一件毛衣。

那时，家父在东京事务繁忙，所以在上野的樱木町购置了一栋别墅，每个月有大半时间都在别墅中度过。家父回来时，总会为家人甚至其他亲戚带很多礼物。这俨然成了家父那时的一大乐趣。

一次，家父在即将起程去东京的前一晚，把孩子们召集到客厅里，笑呵呵地问每个孩子，这次他回来的时候想要些什么，并把孩子们的要求依次记在本子上。印象中，父亲难得与孩子们这般亲近。

“叶藏想要什么？”

被父亲这样一问，我顿时语塞了。

有人问我想要什么时，我总是突然就什么都不想要了。什么都好，反正任何东西都不能让我快乐——这样的想法总是突然涌上心头。另一方面，只要是别人赠与我的东西，即使再不合意，我也不会拒绝。对讨厌的事说不出讨厌，对喜欢的事也总是偷偷摸摸，我总是品着极为苦涩的滋味，因难以名状的恐惧痛苦挣扎。可以说，我竟连二选一的能力都没有。我想，正是这种性格上的缺陷，最终导致我可耻地度过这一生。

那一次，因为我闷不吭声，扭扭捏捏，父亲显得稍有不快。

“还是要书吗？浅草的商店街里在卖一种新年舞狮的狮子玩具哦，大小嘛，正适合小孩子戴着玩。你不想要吗？”

一旦被问“你不想要吗”，我就黔驴技穷了，再也不能用搞笑逗乐或是别的什么来搪塞。作为一个逗笑演员，此刻我彻底失职了。

“还是……买书比较好吧？”大哥认真地表态。

“这样啊……”

父亲一副扫兴的样子，连记都没记，就“啪”的一声合上了本子。

竟然让父亲扫兴，我简直太失败了。他一定会用可怕的方式报复我。当晚，我在被子里瑟瑟发抖，思忖着能否做些什么挽回残局。我悄悄走到客厅桌旁，打开父亲收放本子的抽屉，取出记事本，哗啦啦地翻开，找到他记录礼物的地方，舔舔本子里的铅笔[①]，写下“狮子”后，才回去睡觉。其实，我一点也不想要什么狮子，反而是书还好些。但是，我察觉到父亲想要送我的是狮子，于是我竟在深夜冒险潜入客厅，只为迎合父亲，重讨他的欢心。

不出所料，我的这种非常手段，果然大获成功。不久，父亲从东京归来，我在儿童房里，听到他朗声对母亲道：

“我在商店街的玩具铺里打开本子一看，瞧，这边，竟然写着‘狮子’。这可不是我的字。当时有点纳闷，后来才想明白，这是叶藏的恶作剧啊！那小家伙，我问他的时候坏笑着不做声，后来还是耐不住，想要那狮子啊！这孩子也真是够奇怪的，装作什么都不知道，却一板一眼地自己写

① 铅笔：日本从前的铅笔笔芯，在前段裹蜡。要蘸水后才比较好写。

到本子上了。既然这么想要,早说不就得了?我啊,在玩具铺里笑了半天。快把叶藏给我叫来!"

我还会把男佣和女佣叫到房里,让一名男佣毫无章法地乱弹钢琴(虽说在乡下,但东西几乎一应俱全),我则配合着那不成曲调的旋律跳起印第安舞,令众人捧腹大笑。二哥用镁光灯将跳舞的我拍了下来,照片洗好一看,腰布(其实是一块印花包袱皮)接缝处还露出了我的小鸡鸡,又惹得全家上下笑个不停。于我而言,这算是一次意外的成功。

我每个月都会购买十几本新上市的少年杂志,此外还会从东京订购各式书籍,自己静静地读完。所以,不论是"乱七八糟博士",还是"这个那个博士"[①],我都耳熟能详;怪谈、评书、落语、江户趣谈等,我也样样精通。平日里自是少不了一本正经地插科打诨,逗家人开心。

但是,说到学校!

我在学校里相当受人尊敬,这一事实同样让我万分惶恐。近乎完美地蒙骗众人,然后被某个无所不能的家伙识破,被迫当众出丑、受尽欺辱、生不如死——这就是我对我目前状况的分析。我蒙骗众人,获得"尊敬",但总会有人洞悉一切,其他人也会得知真相,届时,众人的愤怒与报复该有多可怕?我稍加想象,已战栗不已。

我在学校受人尊敬,不是因为我出身于富贵人家,而是得益于大家所说的"全才"。我自幼体弱多病,请假是常有的事,有时一两个月,甚至整个学年都在家养病。但当我拖着大病初愈的身子,坐着人力车到学校参加学年末考试时,分数竟然比班上任何人都高。身体状况好时,我也未曾用功学习,出勤时尽在课上画漫画,课间休息时讲给同学听,逗

① 乱七八糟博士、这个那个博士为日本杂志《少年俱乐部》(已停刊)连载的专栏《滑稽大学》中的角色名。

他们发笑。至于作文，我也总写些滑稽故事，被老师警告也不以为然。因为我知道，老师其实也暗自期待读到我的滑稽故事。一日，我如往常一般，在作文中以极为悲凉的笔调，讲述了家母带我乘火车前往东京途中，我在车厢通道的痰桶中小解的糗事（但那一次，我在小解时并非不知那是痰桶。不过是为了炫耀孩子的天真，故意那样做罢了）。我有十足的把握，相信老师肯定会被逗笑，因此我尾随在准备回办公室的老师身后。果然，老师走出教室后便立刻挑出我的作文，在走廊上边走边读，还不时发出“哧哧”的笑声。老师走进办公室，大概是读完了我的文章，他放声大笑，满面通红，还马上拿给其他老师看。见此情景，我心满意足。

淘气的小孩子！

我成功地让人以为，那些仅是淘气之举。如此，我亦成功摆脱了众人的尊敬。我的联络本[①]上所有学科的成绩都是十分，唯独操行评定总是在六七分之间徘徊，这也成了家人的一大笑谈。

然而，我的本性却与这样的淘气大相径庭。年幼的我受到用人的侵犯，是家中的女佣和男佣们让我体会到了世上的悲哀之事。我至今依然认为，对幼小孩童做出此等行径，是人类所犯罪行中最为丑陋、低级且残酷的。但我却忍气吞声，只觉得又发现了人类的一种特质，对此，我唯有无力地苦笑。若我惯于讲实话，也许能理直气壮地把他们的罪行状告父母，但我连自己的亲生父母也不全然了解。我一向对“向人诉苦”不抱任何期待。无论是向父母诉说，还是向警察或政府诉说，最终还是会被那些深谙处世之道的人打败，任由他们花言巧语，讲个没完。

我知道自己的想法有失偏颇，但我仍然认为向人诉苦不过是徒劳无

① 联络本：学校方便与学生家人沟通的笔记本。

功，与其如此，不如缄口不言地承受下来。我想，除了继续以滑稽的言行处世外，我别无选择。

或许有人会嘲笑我：“怎么，你是说你无法信任人类吗？咦？你什么时候成了基督教徒？”不相信人类未必就意味着要走宗教之路。事实上，连同那些嘲笑我的人在内，大家不都是在相互猜疑之中，将耶和华和别的一切抛诸脑后，若无其事地过日子吗？同样是在我孩提时期，家父所属政党的一位名人到镇上演讲，男佣们带我去听。场内座无虚席，有许多和家父交好的人到场，场内掌声雷动。演讲结束后，听众们三五成群地踏上雪夜的归途，把当晚的演讲贬得一文不值，其中不乏与家父交情颇深的人。那些所谓与家父“志同道合”的人，用近乎愠怒的口气批评家父的开场致辞如何乏味，那位名人的演讲又是如何不知所云。接着，这群人顺道来我家做客，喜不自禁地向家父夸赞今晚的演讲大获成功。就连男佣们被母亲询问演讲如何时，他们也若无其事地答道“非常有趣”。回家路上他们明明还相互叹息道：“再也没有比听演讲更无聊的事了。”

而这仅仅是一个微不足道的事例。相互欺骗的双方竟都毫发无伤，甚至并未觉察相互欺骗之事——我以为，人类生活中无处不是这样单纯、明了的不信任之举。但我对相互欺骗没多大兴趣，因为我自己也从早到晚扮丑逗笑，欺骗众人。我对那些教条式的正义般的道德不甚关心。而那些相互欺瞒却又过着单纯、明了生活的人，抑或相互欺瞒却胸有成竹地面对生活的人，着实令人费解。人类终究未能让我明白其中真谛。若我能明了，或许就不必如此畏惧人类，也不必竭力讨好众人，更不至于与人类的生活对立，夜夜遭受地狱般的苦难。换言之，我未曾向任何人揭发男佣和女佣们可憎的罪行，并非出于对人类的不信任，更不是由于基督教教义的影响，而是人类对我这个名叫叶藏的人紧紧合上了信任的外壳。即使是我的父母，也不时展现令我费解的一面。

然而，我隐忍不言的孤独气息，总会被大多数女性本能地捕捉到。这也成为多年之后，自己频频被女人乘虚而入的诱因之一。

即是说，对女人而言，我是个守得住秘密恋情的男子。

第二手札

在海边，靠近海岸线处，二十多株黝黑的高大山樱并排耸立着。新学年伊始，山樱树便抽出连绵的褐色新叶，在蓝色海洋的映衬下，绽放着绚烂的花朵。待到樱花散落之时，纷纷扬扬的花瓣撒向大海，点缀在海面上，落樱乘着海浪，在海岸线上起起伏伏。东北部地区的一所中学，便将这片落樱沙滩用作学校操场。我连入学考试都没怎么准备，竟也顺利入学。这所中学的校帽徽章、制服纽扣上，都有樱花图样绽放其上。

一位远房亲戚就住在这所中学附近，基于此，家父为我选择了这所靠近大海、遍布樱花的中学。我就寄住在这位远亲家中，由于学校近在咫尺，我越发懒惰，总是听到早会钟声[①]响起才奔向学校。即便如此，我依旧凭借那搞笑的本领，日渐赢得同班学生的拥戴。

那是我有生以来第一次远离故乡，竟觉得异乡之地远比故乡更让我轻松自得。这或许得益于我的搞笑本领早已出神入化，欺骗他人已不再如幼时那般艰难。这样解释也未尝不可，更重要的是，在至亲与旁人、故乡与他乡之间，难免存在演技的难易之差。无论怎样的天才，即便是上帝之子耶稣，这种差异也同样不可避免。对于一个演员，难度最大的演出场所莫过于故乡的剧场。若再逢亲朋好友齐聚一堂，想必再出色的名伶也顾不得讲究演技了。而我坚持完成了演出，还收获了不小的成功。

---

① 钟声：在日本，学校在开始一天的学习前，需全员集合互相致礼。

如此功力深厚的演员踏上外乡的舞台，自然万无一失。

我对人类的恐惧毫无消减，反而日益翻涌。但我的演技却日益精进，经常在教室逗得同学们哈哈大笑，就连老师也一边感叹着“这个班要是没有大庭（叶藏），该是多好的班啊”，一边掩口窃笑。就连那吼声如雷的驻校军官，我也能轻松让他喷笑。

就在我以为自己已完全隐藏了真面目，要长吁一口气的时候，一支冷箭竟从我身后射来。在我背后放冷箭的男生，长相极为普通，是班上最瘦弱的孩子，脸色苍白浮肿，穿的似乎是他父亲或兄长的旧衣服，拖着圣德太子[①]那样长的衣袖，功课也一塌糊涂，军训课和体操课总是见习，简直是个白痴。连我也觉得，不必对这种人多加防备。

一日上体操课，那男生（我已想不起他的姓，只记得名字大概叫竹一）照旧见习，我们则做单杠练习。我故意摆出最为严肃的神情，瞄准单杠，“哎——”地大叫一声，向前冲去，像跳远一样猛力冲刺，却一屁股摔在沙地上。这一连串失败的动作均在计划之中，大家果然大笑不止，我也苦笑着爬起，拍着裤子上的沙土。竹一不知何时来到我背后，对我低语：

“故意的，你是故意的。”

我大为震惊。完全未料到，自己刻意出丑，竟被竹一一语道破，仿佛眼前的世界在瞬间被熊熊地狱之火包围，我“哇——”地大喊一声，唯尽力自持，方不致癫狂。

之后的每一天，我都活在不安与恐惧之中。

表面上我依然上演着可悲的滑稽戏码逗笑他人，但总在不经意间发

---

① 圣德太子：日本飞鸟时代的政治家，推古天皇时期的改革推行者。飞鸟时代的礼服采用垂领设计，袖口很大。

出沉重的叹息。无论我如何行事都会被竹一识破，如此一来，他迟早会把真相告诉别人。每思及于此，我的额头总会冒出密密麻麻的汗珠，继而用怪异的眼神环顾四周，鬼鬼祟祟的样子，犹如一个疯子。如果可以，我真想从早到晚寸步不离竹一左右，以防他泄密，然后，在和竹一形影不离的时间里，我会竭尽努力让他相信，我的“搞笑”并非刻意之举，而是货真价实的。顺利的话，我想成为他独一无二的挚友。如果这一切均不可行，我只能祈求上天早日夺去他的性命。不过，我终究无法对他产生杀意。尽管在过去的人生中，我曾多次祈盼死于他人之手，却从未动过杀人之心。面对可怕的对手，我反而只想着让对方幸福。

为了让竹一归顺于我，我屡次在脸上堆起基督教徒般“温柔”的谄笑，头左倾约三十度，轻轻搂着他瘦小的肩膀，用甜甜的声音邀请他到我寄宿的家里做客。他却总是心不在焉，沉默不语。印象中，那是初夏的一个放学后的傍晚，大雨倾盆而下，学生们被困在教室，但我家就在附近，于是我打算冒雨前行。这时，我看见竹一垂头丧气地站在鞋柜旁，于是立刻对他说：“去我家吧，我借你伞。”于是我拉着怯生生的竹一，在大雨中狂奔回家。到家后，我拜托阿姨将我俩的衣服烘干，成功地把竹带到我位于二楼的房间。

我寄宿的家里只有三位家庭成员：五十多岁的阿姨，约莫三十、似乎抱恙在身、架着眼镜的高个子姐姐（曾出嫁，后又回到娘家长住。我和家里其他人一样，叫她姐姐）和刚从女校毕业名叫阿节的妹妹。妹妹与姐姐不同，她个子娇小，脸庞圆润。一楼有间店铺，她们三人做少量文具和运动器具的销售，不过已故先生留下的五六栋长屋的租金似乎是这户人家主要的生活来源。

“耳朵好疼。”竹一站着说道，“每次被雨淋过都会疼。”

我仔细一看，发现他的耳朵有严重的耳漏[①]，脓水都快流到耳郭外了。

“这样可不行。很疼吧？”我夸张地露出惊诧的神情，“都是我不好，拉着你淋雨。”

我学着女人的口吻，“柔声”致歉，下楼取来棉花和酒精，让竹一枕在我的膝头，细心地替他掏耳朵。竹一终究也没察觉到这是我伪善的诡计，他枕在我腿上，说着无知的恭维话：

“肯定会有女人为你着迷。”

日后我才发现，竹一无意间说出的这句话，犹如魔鬼的预言，着实令人恐惧。

为别人着迷，或者被人迷恋，感觉都很粗俗、戏谑，有得意扬扬愚弄他人之感。无论何等严肃场合，只要这类词语稍一露头，忧郁的伽蓝[②]也会在顷刻间崩塌，流于平淡与庸俗。假若用“被爱的不安”这类文学用语来替换“被迷恋的痛苦”这类俗语，忧郁的伽蓝也将不受任何影响。这又是何等奇妙之事。

我帮竹一清理脓水，他愚蠢地恭维我日后会被女人迷恋。彼时的我，只是满面通红地笑着，没作任何回应，但其实我隐约觉得有些道理。然而，“被迷恋”这种粗俗的说法总带着一种让人得意忘形的意味，他那样一说，我竟然觉得有理，这无异于表明我的想法是如此愚笨无知，比之相声中小少爷的台词还不如。我自然不会抱着这种戏谑、扬扬自得的感受，认为他的话“不无道理”。

---

① 耳漏：耳道排出的异常分泌物的总称，见于中耳炎、外耳炎等。

② 伽蓝：梵文略语。有僧院、精舍之意。

我以为，女人要比男人复杂难懂得多。我的家人中，女性人数多于男性，亲戚中也有许多女孩，对我犯下罪行的用人中也有女性，说我是自幼在女人堆里长大的亦不为过。然而，我一直都怀着如履薄冰的心情和她们交往。她们大多数时候让我难以捉摸，我总是如堕五里雾中，生怕踏错虎尾，受到伤害。与男人们的鞭笞不同，女人带来的伤痛犹如内伤，经久不愈。

女人有时非我不可，有时将我弃如敝履，在众人面前对我尖酸刻薄，独处时却拼命抱紧我。女人能像死去一般熟睡，让人怀疑她们是为了睡觉而活。自孩提时起，我就从各种角度观察女人，发现尽管同为人类，女人与男人却迥然不同，宛如两种生物。而这种难以理解、不容小觑的生物总是奇妙地照顾着我。用“被人迷恋”或“被人喜欢”来解释这种情形都不贴切，恐怕用“受人照顾”来形容更为贴切。

女人似乎比男人更能轻松地面对搞笑。我搞笑逗乐时，男人们不会一直开怀大笑。我知道若是在男人面前搞笑到得意忘形，会过犹不及，因此我总是把握时机、见好就收。女人却不懂得适度，永远不断索求，我为满足她们毫无节制的要求，时常筋疲力尽。她们着实能笑。女人似乎比男人更能享受快乐。

我中学寄宿的亲戚家，那两姐妹稍有空闲就到二楼找我，每次我都被吓得几乎跳起来。

“在用功吗?”

“没有。”我胆战心惊地报以微笑，合上书本。

“今天，学校有个名叫‘棍棒’的地理老师……”我信口说出言不由衷的笑话。

“小叶，你戴上眼镜看看。”

某晚，妹妹阿节和姐姐一起到我屋里玩，在我一通搞笑献媚之后，她们提出这样的要求。

“为什么?”

“哎呀，就戴上看看嘛。借一下姐姐的眼镜。”

她们总是用这种粗暴的口气发号施令。我这个搞笑艺人当然老老实实地接过眼镜。我戴上眼镜，两姐妹立刻笑翻了天：

“太像了，和劳埃德简直一模一样!”

哈罗德·劳埃德是当时在日本很受欢迎的国外喜剧电影演员。

于是，我站起身来，举起一只手道：

“诸位，下面，我将为日本的观众带来……”

我模仿劳埃德和大家寒暄的样子，她们笑得更欢畅了。从那往后，每逢镇上播放劳埃德的电影，我必坐在台下，偷偷揣摩他的神情举止。

一个秋天的夜晚，我正躺着读书，姐姐像鸟一般飞速跑进我的房间，径直倒在我的被子上哭泣：

“小叶，你会救我的吧？会吧？住在这样的家里，还不如一起离家出走呢！你一定要救我，救我。”

她激动地说完，继而又哭起来。不过，这已不是我第一次目睹女人的这种态度，所以听到姐姐过激的言辞，我并不惊慌，她毫无新意的表现反而令我索然无味。我轻轻钻出被窝，剥开桌子上的柿子，递给姐姐一块。她抽抽搭搭地吃着柿子问我：

“有什么有趣的书吗？借我一本。”

我在书架上为她选了夏目漱石的《我是猫》。

“谢谢你的柿子。”

姐姐难为情地笑着，离开了我的房间。不光是这位姐姐，世上的女人到底抱着怎样的心态在生活呢？于我而言，这比揣摩蚯蚓的心思更加复杂、麻烦，让我心生畏惧。女人若是突然哭泣，只要给她一点甜食，她吃后便会恢复平静——孩提时的我，早已总结出此规律。

此外，妹妹阿节甚至会把朋友带到我房间，我依然公平对待，卖力逗笑大家。朋友走后，阿节定会讲起朋友的不是，诸如“那人是不良少女，应多加小心”等坏话。若当真如此，不把她们领来不就好了？也多亏阿节，我房间的访客也几乎都是女人。

但在那时，竹一对我的恭维之词还远远没有成真。换句话说，那时的我不过是日本东北部的哈罗德·劳埃德。竹一笨拙的恭维变成可憎的预言，在我身上栩栩如生再现它不祥的样貌，是在多年后了。

竹一还赠与我另外一份大礼。

“这可是妖怪的画像。”

某次竹一来我二楼的房间玩，他得意地拿出一幅原色版的卷头插画[①]给我看，这样说道。

“咦？”我暗自不解。多年后我才意识到，也许在那一瞬间便注定了我此生的归途。我知道那不过是梵·高的自画像罢了。我们这代人年少时，所谓的法国印象派画风在日本广为流行，这也是西洋画鉴赏的初级阶段。即便是乡下念书的中学生，也都曾见过梵·高、高更、塞尚、雷诺阿等名家作品的照片版。我则见过不少梵·高的原色版画作，对其笔致的新意和色彩的鲜艳颇感兴趣，却从不认为他画的是妖怪。

① 卷头插画：书籍、杂志中的扉页或正文前刊登的图画或照片。

“那这些呢，画的也是妖怪吗?”

我从书架上取下莫迪里阿尼的画册，翻开古铜色肌肤的裸体妇人像那一页。

“真棒!”竹一瞪圆了眼赞叹道，“像是地狱之马。”

“这果然也是妖怪。”

“我也想画这种妖怪的画像。”

对人类极度恐惧的人，反而会比任何人都渴望亲眼见识妖怪的可怕。愈是敏感、愈是胆怯，愈会企盼暴风雨降临得更加猛烈。啊，这群画家被名为人类的妖怪所伤、所威慑，最后只能相信幻影，于是在光天化日之下见到了活生生的妖怪。他们不以搞笑敷衍，而是努力将其所见描绘于世。如竹一所言，他们毅然决然地画下“妖怪的画像”，将来的自己肯定也是如此。我这样想着，兴奋得几乎落泪，却又不知为何竭力收紧声音，对竹一说:“我也要画妖怪的画像、地狱之马的画像。”

从小学时起，我就喜欢画画，也喜欢看画。但我的画不似文章一般，能得到大家的认可。因我一向不信任人类之言，作文于我而言不过是搞笑表演的一种致辞。从小学到高中，老师们无不因我的文章大笑不已，我却对写作毫无兴致，只有画画时（漫画则另当别论）我才会全身投入，虽然笔触稚嫩，特立独行，却竭力表现所绘之物。学校发的画帖甚是无趣，老师的水平也极为拙劣，我不得不漫无边际地摸索各种表现手法。进入中学后，我的油画用具已一应俱全，尽管我选择临摹印象派画风的画帖，画出的画却像千代色纸工艺[①]般呆板乏味，不成样子。竹一的话让我恍然大悟，自己对绘画的理解一直存在偏差。一直以来，我捕捉美好的事物，

① 千代色纸工艺：用千代色纸做偶人，具有日本传统工艺美术特点。

努力展现它原有的美好。这种做法太过稚嫩、太过愚蠢了。真正的大师，能以主观力量，在平淡无奇的事物中创造出美，或许丑陋的事物令他们隐隐作呕，但仍无法遮蔽他们的兴趣，大师们沉浸在表现事物的喜悦中。换言之，他们不被他人的想法所左右。竹一启发我的，是最原始的绘画秘籍。日后，我开始瞒着来访的女客，着手于自画像的创作中。

最终我完成了一幅阴森凄惨、令人毛骨悚然的自画像。但这正是我埋藏于内心深处的真面目。表面上我性格开朗，逗人发笑，实则有一颗如此阴郁的心。“这也没有办法啊。”我暗自承认。除了竹一，我没给任何人看过这幅画。一方面，我不希望人们看穿我搞笑背后的阴郁，继而对我心生戒备；另一方面，我担心人们辨别不出这才是我的真面目，反而视其为我搞笑的新成果，画像就此沦为人们的笑料——这比什么都令人难过，我马上把这幅画藏进抽屉深处。

在学校的美术课上，我也极力收敛“妖怪画风”，照旧以平庸的笔触，完美地描绘出美丽的事物。

唯有在竹一面前，我可以放心展露我自幼脆弱的神经。所以，我把这次的自画像拿给竹一看，他赞叹不已。之后我又画了两三幅妖怪的画像，终从竹一那里得来另一个预言：

“你会成为一个了不起的画家。”

“女人为我着迷”“成为了不起的画家”——白痴竹一将这两个预言烙印在我身上。

之后不久，我来到东京。

我其实想去美院读书，但父亲告诉我，他早前就希望我能读高中，日后可以进入政界。自幼便不敢还嘴的我，只有茫然从命。家父要我念到四年级便参加考试，我也对这所靠近大海、遍布樱花的中学彻底厌倦，于是在完成四年的学业后，没有继续升级，直接报考了东京的高中，顺利通过考试，开始了住宿生活。然而，对肮脏、粗俗的生活，我一筹莫展，再也没有兴致继续搞笑。让医生帮忙开出“肺浸润”的诊断证明后，我搬出了宿舍，住进家父在上野樱木町的别墅。我无法适应集体生活，那所谓青春的感动、年轻的自豪等话语，只会让我胆战不已。我与那“高中生精神”格格不入，无论教室或是宿舍，在我眼中都如同被扭曲的性欲垃圾站，我那近乎完美的搞笑戏法，在这里派不上任何用场。

家父在议会休会期间，每个月都有一两个星期不住在东京。家父不在的时候，这座宽敞的别墅中，只剩下一对管家老夫妇和我三人。我经常旷课，但没有观光东京的兴致（最后我大概连明治神宫、楠木正成[①]的铜像、泉岳寺的四十七烈士墓都不曾去过），终日闷在家中，读书画画。家父回到东京后，我每天清早都急匆匆地去上学，其实多数时候是去本乡千驮木町的西洋画画家安田新太郎先生的画塾，在那里进行素描练习，一待就是三四个小时。搬出高中宿舍后，许是我别扭的性格使然，去上课时我总觉得自己身份特殊，像个旁听生，于是越发提不起上学的兴致了。我从小学、中学、高中一路走来，始终不懂何为爱校之心，甚至连校歌也没记住过一首。

从画塾的一位同学那里，我得知了烟、酒、娼妓、当铺和左翼思想。上述组合虽很奇妙，但确是事实。

这位同学名叫堀木正雄，家在东京下町，比我年长六岁。自私立美术学校毕业后，由于家中没有画室，所以他来这家画塾学习西洋画。

---

① 楠木正成：日本南北朝时代的武将。

“能借我五日元吗?”

他说这话时，我们仅打过几次照面，从没交谈过。我惊慌失措地给了他五日元。

“好，去喝酒。我请客。怎么样?”

我还未来得及拒绝，就被他拉到画塾附近的蓬莱町的一间酒馆。这就是我们交往的开始。

“我早就注意到你了。对，就是这种腼腆的笑，这是大有前途的艺术家特有的表情哦。为我们的相识，干杯！小娟，这家伙是个美男子吧?可别被他迷倒哦，都是这家伙来了画塾，才害我沦为第二美男子啦。”

堀木五官端正，肤色黝黑，穿笔挺的西装，领带的花色十分朴素，打了发蜡，梳着整齐的中分。在学画的学生中，这样的行头并不多见。

酒馆并不是我熟悉的环境,我局促地一会儿抱紧双臂,一会儿又松开,始终露出腼腆的微笑。喝下两三杯啤酒后，我不可思议地感到一种释放后的轻松:

“我原来也想去读美术学校，但……”

“那多无聊。那种地方太无聊了。学校本身就很无聊。我们的老师存在于大自然——是对大自然的激情!”

不过，我一点也不对他的话心生敬意。我以为，堀木是个笨蛋，画技一定也很低劣，倒是可以做一个好的玩伴。换句话说，那是我有生以来头一次遭遇都市无赖。对方与我装束不同,但就举止完全脱离世俗定规、迷茫无措这一点来看，我们确是同类。但堀木与我本质上的不同，在于他的搞笑是无意识的，他完全意识不到自己搞笑的悲哀。

“总之只是玩玩，当个玩伴罢了。”我打心底里瞧不起他，以有他这样的朋友为耻。在与他结伴而行中，我终被这个我瞧不起的男人击垮了。

不过，起初我坚信这男人是个好人，是难得一见的好人。那样惧怕人类的我，居然也掉以轻心，以为自己在东京遇到了一位不错的向导。我独自一人，坐电车时会害怕售票员；去歌舞伎剧场时，玄关处铺着红色绒毯的台阶旁的迎宾小姐也使我害怕；去餐厅时则害怕默默站在身后为我撤去餐盘的服务生，尤其付账时，唉，我的手总是变得笨拙而僵硬。购物付款时，我并不吝啬，却因过度紧张、羞涩、不安、恐惧而头晕目眩，世界仿佛陷入一片漆黑，几乎令我神志错乱。哪里还顾得上讨价还价，我甚至连找零都忘了拿，还屡次忘记带走结过账的东西。因此，我一个人根本无法走上东京的街头，这才是我整日闷在家中、游手好闲的真实原因。

而我把钱包交给堀木，与他一起上街，情形俨然大不相同。他会把价钱还到很低，而且很会玩乐，能力超群，消费时能让仅有的钱发挥最大的效用。他不坐价钱昂贵的出租车，而是使用电车、公交和小汽艇，能在最短时间内赶到目的地。他还在实际生活中对我进行教育。比如，早上从娼妓那里回家的路上，他会带我顺路去某家饭馆泡个晨澡，点个豆腐锅，喝点小酒，消费不高，却颇感奢华。他还告诉我，摊贩卖的牛肉盖浇饭和烤鸡肉串既便宜又有营养；还向我保证说，欲求速醉，电白兰地[1]是最好的选择。总之，由他结账，我从不会感到一丝的不安和恐惧。

与堀木形影不离，还让我获得了另一种救赎。堀木全然不顾听者的感受，一天二十四小时散发着所谓的“激情”（也许所谓“激情”就是无视对方的立场），一刻不停地说着无聊的话。和他在一起，永远无须担心

---

① 电白兰地：仿白兰地的杂牌酒，始于明治初年。

两人走得累了，会陷入难熬的沉默。原本少言寡语的我，曾无比担心那可怕的沉默降临，于是在那之前，我便拼命搞笑，以防冷场。现在有了堀木这个笨蛋，他总会无意识地扮演搞笑的角色，而我不必勉强回应，只需左耳进右耳出地听着，适时地插科打诨便足以应付。

不久我渐渐发觉，若想暂时消除我对人类的恐惧，酒、烟、娼妓都是绝好的手段。我甚至觉得，若能拥有它们，即使变卖自己的所有家当也无怨无悔。

在我眼中，娼妓既非人类，也非女性，像是白痴或疯子。躺在她们怀中，我却能放松身心，沉沉睡去。她们没有半点欲望，单纯得可悲。或许我身上有某种气息能让她们感到同类的亲昵，娼妓们总是对我展现毫不作伪的善意。那是自然流露的善意，是不带任何勉强的善意，是对一个不知是否还会光顾的客人表露出的善意。有些夜晚，我在这些白痴或疯子般的娼妓身上，仿若看到圣母玛利亚的光环。

为了摆脱对人类的恐惧，求得一夜安眠，我不断与娼妓会面。在与这群“同类”一同游戏的过程中，某种讨厌的气场开始充斥在我身边。这是我未曾想到的“后遗症”。但这“后遗症”逐渐浮出水面，越发鲜明。堀木点破这一点时，我一时惊愕，继而深感不悦。在旁人看来，即通俗的说法是，我利用娼妓磨炼本领，而且最近明显功力大增。据说在娼妓身上磨炼猎艳的本领，是最严厉也最富有成效的。我身上已然开始散发“情场老手”的气息，女人（不仅限于娼妓）可凭本能循着气息而来。这下流而难堪的气场即所谓的“后遗症”，已远远胜于我渴望歇息的本意。

堀木的提醒原本带有一半恭维之意，我却觉得言之有理，继而感到沉重压抑。我的确记得，酒吧的小姐曾给我写过幼稚的信；樱木町住处的邻家一位将军的女儿大概刚刚成年，明明没有要事，却在每天清晨我出门上学时，化好淡妆在自家门前进进出出；去餐厅吃牛肉时，即使我一言不发，那女服务生依然……那间我经常光顾的香烟铺子的小姑娘递给我的香烟盒里居然有……去看歌舞伎时，被坐在旁边的人……喝醉的我睡在深夜的电车里时……老家一位亲戚的女儿，某天出乎意料地寄给我一封信……一位不知名的姑娘，在我不在家时留下一只亲手做的人偶……由于我态度极端消极，每个故事都没有下文，全都到此为止，没有任何进展。我身上似乎散发着让女人怀抱幻想的气息，这并非炫耀，并非玩笑，而是不可否认的事实。我的这一特质被堀木一语道破后，在感到屈辱般的痛苦的同时，我渐渐丧失了与娼妓游戏的兴致。

某日，在堀木虚荣而新潮的想法驱使下（我至今没有想到其他致使堀木这样做的原因），他带我去参加一个共产主义读书会（大概叫R・S，我记不太清了）的秘密研究会。于堀木这类人而言，带我去参加共产主义的这类秘密集会，不过是“东京游览”的行程之一。我被介绍给所谓的“同志”认识，然后我买了一本宣传册，听坐在上席的一位长相奇丑无比的年轻人讲解马克思主义经济学。不过，在我看来，他讲的那些都是再简单不过的东西。理论诚然不假，人类的内心却比理论复杂、恐怖得多。谓之贪欲，则不足够；谓之虚荣，亦不贴切。将色与欲两者并列在一起，亦不符实。我隐约觉得在人世深处，不是只有经济方面的事物，还有鬼怪、奇诡的事物存在。对鬼怪退避三舍的我，就像水往低处流一样，对所谓的唯物论予以自然的肯定。但这并未将我从对人类的恐惧中解放出来，我的眼睛依然看不到绿的枝叶，心中依然感受不到希望的喜悦。但我却从未缺席R・S的集会，“同志”们总是如临大敌般，表情僵硬地耽于类似“一加一等于二”这种像初级数学理论一样简单的研究中，这在我眼里简直滑稽异常。我开始用自己擅长的搞笑努力缓和会场内的气氛，或许是起了一定的效果，研究会紧张的气氛渐渐消减，最后我甚至成了会场中不可或缺的红人。也许，这群单纯的人以为我和他们一样单纯，把我看做一个乐天诙谐的“同志”。若真如此，我算是彻底把他们骗了。我并不是什么“同志”，但我从不缺席集会，为到场的各位“同志”奉上周到的搞笑服务。

我喜欢这样，我喜欢这群人，但并非因为马克思主义下的同志友爱。

我喜欢的是，集会的非法性质。或者说，这种“非法”让我身心舒畅。世上合法的事物反而可怕（它们让我觉得高深莫测），结构往往复杂难懂。我无法忍受坐在那没有窗户的阴冷房间，相较之下，即使外面是非法的汪洋，我也乐意纵身跃入其中，游到身疲力竭，反而觉得畅快无比。

有个词语叫做“湮没于世”，似乎是形容人世间的可怜虫、失败者或无良人士的。我却觉得，自己打出生起就已湮没于世，于是每每遇到被众人指责的同类之人，我必定温柔相待。我那温柔的心房，连我自己都如醉如痴。

还有个词叫“犯罪意识”。在这世间的一生，我饱受这种意识的折磨。另一方面，它却像我的糟糠之妻，和我寂寞地嬉戏，这俨然成为我的生活姿态。此外，俗语说“脚上有伤，怕被人知”，在我还是婴儿的时候，这伤就极自然地出现在我的一只脚上，及至我长大，伤口非但没能痊愈，反而日益严重，深入骨髓，每晚的痛苦犹如置身千变万化的地狱，但这伤口（也许这种说法略有奇怪），却与我日渐亲密，胜过血肉的无间。伤口的痛楚仿佛是伤口活灵活现的情感，抑或是爱情的私语。对于我这样的男人，地下运动的气氛自有一种奇妙的安全感，令我心旷神怡。换言之，比起地下运动的目的，地下运动本身更吸引我。于堀木而言，它则更像是一个白痴的无谓消遣，他把我介绍给读书会后，就再也没参加过活动，还开了个拙劣的玩笑说："马克思主义者在研究生产关系的同时，也该仔细观察一下消费关系。"他只想频频邀请我一同观察消费关系罢了。现在想来，那时真是什么类型的马克思主义者都有。有堀木这种追求虚荣和新潮、以马克思主义者自居的人；也有我这种只因中意它非法的性质而频繁参加集会的人。如果这些真相被马克思主义的忠实拥护者识破，堀木和我必将招致烈火焚身般的愤怒，或许会被视为卑鄙的叛徒，立刻被逐出组织。不过最后，我和堀木谁都没有遭受除名处分，特别是我，在非法世界竟比在合法的绅士世界更为悠然自得，真可谓"朝气蓬勃"。因此，研究会认为我是大有前途的"好同志"，源源不断地透露给我大量机密，甚至托付我许多要事。而事实上，我也从不推辞，泰然自若地照单全收，从没因举止生硬被"狗"（同志们对警察的称呼）怀疑、盘问。我总是笑着，或逗别人笑着（从事共产主义运动的伙伴们总是如临大敌般紧张兮兮，甚至拙劣地模仿侦探小说中的方法，高度戒备。他们拜托给我的任务总是无聊透顶，却像煞有介事地制造紧张气氛），准确无误地完成他们眼中危险的工作。以我当时的心情来说，即使因为入党被抓，在监狱中度过余生，我也无所谓。我惧怕这世上的所谓"实际生活"，与其让我每晚在不眠的地狱中呻吟不止，倒不如锒铛入狱来得痛快。

家父时常外出，或是在樱木町的别墅中招待客人，即使是在同一个屋檐下，我们也经常三四天见不到面。我总觉得家父难以接近又很可怕，私下盘算着要搬出别墅，租间房子住。正当我不知如何开口时，别墅的老管家告诉我，父亲有意变卖这栋别墅。

家父的议员任期将满，想必有种种缘由，他似乎无意继续参选，打算在老家建一处院落退隐。他对东京似乎并不留恋，且觉得我还不过是个高中生，不必特地为我留下别墅和用人（家父的心思与世人一样，非我所能理解）。总之，这间别墅很快便转售给他人，我则搬入本乡森川町一家叫仙游馆的老旧公寓，住在一间昏暗的房间里，生活顿时陷入窘迫。

一直以来，家父每个月都拨给我固定数目的零花钱，即使我两三天就将它们挥霍一空，家里也总是备有烟、酒、芝士、水果，而书籍、文具、衣服等相关用品也可以在附近的小店以“赊账”的方式获得。即便是请堀木吃荞麦面或大碗盖饭，只要去街上家父经常光顾的餐馆，我们都可以在吃完饭后一声不响地离开。

但现在突然开始一个人租房度日，一切都要靠每个月固定数额的汇款支撑，我茫然不知所措。汇款还是会在两三天内花得精光，我惊慌不已，轮流给父亲、哥哥、姐姐拍电报、写长信要钱（我在信上写的也全是虚构的搞笑之事。我认为，要想请人帮忙，以先讨其欢心为上策），并在堀木的教唆下，频繁出入当铺。尽管如此，手头依然拮据。

在无亲无故的出租房中，我终究没有独自“生活”下去的能力。我害怕独自一人静静地待在公寓房间里，觉得随时会被人偷袭，继而遭受重击。于是我冲上街头，为地下运动提供支援，或与堀木四处喝廉价酒，几乎放弃了学业和画画。升入高中后第二年的十一月，我与一位比自己年长的有夫之妇殉情，这件事彻底改变了我的后半生。

一直以来我常旷课，也丝毫没有用功学习，但我能摸清考试的答题方法，所以虽然劣迹斑斑，却能瞒过家里人。可如今，校方似乎向人在故乡的父亲通报了我严重缺课的情况，于是长兄代笔，写了一封措辞严厉的长信给我。但缺钱的痛苦远比读到信来得更为直接，我在先前的地下运动中承担的工作亦日渐繁重，已经无法以半游戏的心态来对待。不记得是叫中央地区还是什么地区了，总之我成了马克思主义学生行动队的队长，负责本乡、小石川、下谷、神田那一带的一切学生运动。听说要搞武装暴动，我买了把小刀（现在想来，那刀子用来削铅笔都嫌不锋利），把它放进雨衣口袋四处奔走，便是所谓的“联络”事宜。我想喝酒，想醉后熟睡，可我没有钱。而且P（我记得P是党的暗语，不过也可能记错）不断给我下达任务，连喘息的时间都没有。我这病弱的身子骨实在吃不消。参与小组活动本就仅源于自己对“非法”的兴趣，如今却变得骑虎难下，我手忙脚乱，不禁在心中懊恼地对P的人嘀咕：“你们恐怕搞错对象了吧？这种任务难道不该交给你们的嫡系成员吗？”最终，我逃走了，但这并没有让我的心情变好，于是，我决定去死。

当时有三位女人对我表现出特别的好感。一位是我寄住的仙游馆公寓东家的女儿。我每搞完学生运动，累得要死要活地回到住处，饭也不吃便倒头睡下，接着，东家的女儿便拿着信纸和钢笔来敲我的门：

“不好意思，妹妹和弟弟在楼下大吵大闹，我没法专心写信。”她在我的桌前坐下，一写就是一个多小时。

我本可以佯装不知，呼呼大睡。可这姑娘似乎总希望我能说些什么，我便发扬之前那种无私奉献的精神，明明一句话都懒得说，却拖着疲惫不堪的身子强打精神，一边抽烟一边和她闲聊：

“听说有一种男人，用女人寄来的情书烧洗澡水哦。”

“哎呀，真讨厌。你就是这种男人吧？”

“我倒是曾用情书来热牛奶。”

“真是了不起。那你就喝吧。”

我巴不得这姑娘赶紧离开，说是来写信，其实我早就看透了，她不过是在胡乱涂鸦罢了。

“让我看看吧。”——其实我死也不想看，谁知这样一说，她竟大叫着“啊，不行，不能给你看”。我简直看不下去她那兴高采烈的模样，真是倒胃口，想着不如打发她做点什么。

“有件事想拜托你，能不能去电车轨道那边的药店，帮我买点卡尔莫钦[①]？我有点累，脸上发热，睡不着觉。麻烦你了。至于钱……”

“钱的事情无所谓的。”她愉快地起身。让女人们去办事，她们绝不会垂头丧气，反而因为受男人所托，倍感开心。这一点，我十分清楚。

另一位女人，是在女子高等师范学校读文科的一位“同志”。由于参加地下运动，无论愿意与否，我不得不每天和她碰面，见过面后这女人还是跟在我身后，而且总是给我买各种东西。

“你把我当成亲姐姐就好了。”

她那装模作样的态度让我浑身打战，我用面带愁苦的笑容答道：“其实我也想这样。”

惹怒女人是很可怕的，我一心一意想要敷衍了事，最终还是选择奉承这位既丑陋又惹人嫌的女人。她买东西送我（这女人买东西实在没有品位，我大都立刻转送给烤鸡肉串的老板），我便装出高兴的样子，说些笑话逗她开心。某个夏夜，她无论如何不肯离去，为了让她满意地走开，我在一条昏暗的街上亲吻她。她欣喜若狂，叫来一辆车，把我带到大概

---

① 卡尔莫钦：英文为Calmotin，一种安眠药名。

是大家为进行地下活动秘密租借的一座大楼。在一间看似办公室的狭小的西式房间中，我们折腾到天光大亮。我暗自苦笑："真是位荒唐透顶的大姐。"

无论是东家的女儿，还是这位"同志"，我几乎要天天与她们碰面。再不能像对待往常那些女人一样避之不见，最后，我只得稀里糊涂、忐忑不安地拼命讨好她们二位，自己也被束缚得动弹不得。

那段日子里，银座某家大型酒吧的女服务生意外地施恩于我。我与她只有一面之缘，却拘于恩情，时常感到一种被束缚的不安和担忧。那时，我已不必依靠堀木，一个人也可以乘坐电车、去看歌舞伎了。我甚至可以装成厚颜无耻之徒，穿着花纹衫踏进酒馆。尽管在内心深处，我依旧对人类的自信和暴力感到怀疑、恐惧、烦恼，但至少表面上渐渐可以与他人一本正经地寒暄——不，不对，若不借由充满挫败感的笑容，只凭我的本性依然是无法与人沟通的。总之，我掌握了这种交流的"伎俩"，即使只是一些答非所问的寒暄。这难道是在为地下活动四处奔走时练就？或是得益于女人或美酒？应该说，这一切都归功于手头拮据。走到哪里都惴惴难安的我，也许只有混迹在这种大型酒吧，湮没于醉鬼和男女服务生之中，这颗不断被追逐的心才能获得宁静。我揣着十日元，独自走进银座这间酒馆，笑着对招待我的女服务生说：

"我身上只有十日元，能不能喝点什么？"

"您不必担心。"她说话带有关西腔。这样的一句话，不可思议地让我颤抖的心瞬间平静。不，这并非由于不必再担心钱的问题，而是在这个女人身旁我感到无比踏实。

我喝了酒。由于对女服务生放心，也不再想要偷乖讨巧。我毫不掩饰自己沉默而阴暗的本性，只是一言不发地喝酒。

“这些吃的您喜欢吗？”

她为我端来各种菜肴。我摇摇头。

“只喝酒吗？那我陪你一起喝吧。”

秋夜寒凉。我照恒子（她似乎是叫这个名字，我记得不是很清楚。我连一起殉情的人的名字都记不清楚）所说，在银座的某个寿司摊上一面吃着难以下咽的寿司，一面等她出现。（虽说忘记了她的名字，但不知为何，那寿司的糟糕味道我至今记忆犹新，那位光头的老板长得活像条青蛇，他那佯装技艺高超、摇头晃脑地捏着寿司的样子给我留下了深刻的印象。日后我乘电车时，总觉得有些人的脸在哪里见过。冥思苦想后我不禁苦笑：原来是像那寿司摊的老板。事到如今，我已不记得那女人的名字，连她的脸的轮廓也渐渐在我脑海中模糊，却仍然真切地记得那卖寿司的老头儿的脸，甚至能准确地画下来，也许是因为他卖的寿司太难吃，令我太过痛苦。不过，别人带我去好评如潮的寿司店用餐时，我也从未有吃到美味寿司的记忆。寿司这东西太大了。我总是暗暗思忖：难道不能把它们捏成拇指大小吗？）

她在本所一位木匠家的二楼租住。在她二楼的房间，我毫不掩饰自己阴郁的内心，宛如害了牙疼一般，单手托腮喝着茶。没想到，那女人喜欢的，正是那副模样的我。她本身给人的印象，也是个完全遗世独立的女人，仿佛身旁刮着凛冽的寒风，只有落叶随风狂舞。

我们躺在床上，她告诉我，她比我大两岁，故乡在广岛。她说：“我是个有夫之妇，原本和丈夫在广岛经营一家理发店，去年春天，我们一起逃离家乡来到东京。但我丈夫在东京不做正经事，不久便因诈骗被抓进监狱。

我每天都去监狱给他送点吃的，不过明天起我不打算再去了。”不知为何，我生来便对女人的身世提不起半点兴致。或许是女人讲话技巧太差，她们似乎永远把握不住讲话的重点。总之，我全当那些话是耳旁风。

真是寂寞。

对我而言，听女人就自己的身世说上千言万语，也不及这一句低喃让我心生共鸣。我是如此期盼听到这句低语，然而我在这世上遇到的女子，竟没有一人向我如此诉说，我深感不可思议。眼前这名女子，虽然没有用言语表现自己的寂寞，但整个身体的轮廓却无声地吐露出巨大的寂寞气息。她的身旁仿佛充斥着约莫一寸见方的气流，走近她身旁，我的身体也被那气流所包裹。这气流与我自身携带的阴郁气流完美地融合，如贴在水底岩石上的枯叶一般，使我得以从恐惧与不安中抽离。

与躺在那群白痴娼妓的怀里安然入睡的感觉完全不同（首先，那些妓女是快活的），和诈骗犯的妻子度过的那个夜晚，于我而言是获得解放的幸福一夜（我想，在这本手札中，再也不会有一处肯定的言辞用得如此笃定、如此狂妄了）。

但仅此一夜。次日清晨，睁开眼睛，起身离开，我又变成那个轻薄的、矫揉作态的小丑。胆小鬼连幸福都会害怕，碰到棉花都会受伤，有时还会被幸福所伤。趁着还没受伤，我想及早和她分道扬镳。于是，我又开始施放搞笑的烟雾弹。

“俗话说‘金钱散尽，情缘两断’。其实人们对这句话的解释是颠倒的。并不是说男人的钱一用光，就会被女人甩掉。而是说男人一旦没有钱，就会意志消沉，变得颓废窝囊，连笑都没力气。性格也开始扭曲，最终破罐子破摔，主动甩掉女人。他们会像个半疯的人，分分合合最终彻底与女人断了联系。《金泽大辞林》里，就这样解释。真是可怜啊。我也知道那种心境。”

我确实记得自己曾说了上述那些蠢话，把恒子逗得哈哈大笑。“此处不宜久留，以免夜长梦多。”我这样想着，脸也没洗就慌忙跑了出来。没承想，我随口胡诌的“金钱散尽，情缘两断”，日后竟与自己产生了意想不到的关联。

接下来的一个月，我再也没与那晚的恩人会面。分别多日，起初的喜悦渐渐淡去，曾蒙恒子一时照顾的事令我越发惶恐，心里更觉束缚不已。想起那晚在酒吧结账时，竟让恒子付了全款，我更是耿耿于怀，觉得恒子也和公寓东家的女儿、女子高等师范学院的“同志”一样，不过是把我逼向绝路的女人之一。我一面疏远她，一面又惧怕她。且我总觉得，一旦再见到那些和我上过床的女人，她们的愤怒必将如烈火般熊熊燃烧，因此我颇为抗拒与恒子的重逢，对银座也渐渐敬而远之。但我这种嫌麻烦的性格绝非出于狡猾，而是因为在女人这种生物眼中，和男人上床这件事与早晨醒来后发生的事情之间毫不相干，她们像是能忘记上床之事，将昨天与今天完美地切割成两个世界。如此匪夷所思之事，我尚不能完全适应。

十一月末，我与堀木在神田的小摊上喝着廉价酒。这位损友在这家小摊喝完之后，还想去别的地方再喝。明明我们已身无分文，他还吵着“喝吧、喝吧”。当时我或许是喝醉了，大着胆子道：

“好，既然如此，我就带你去梦之王国。那可是会让你大吃一惊的酒池肉林……”

“酒吧吗？”

“对！”

“还不快去!”

就这样，我俩搭上市营电车，堀木兴高采烈地道：

“今晚，我对女人饥渴难耐。我可以亲女服务生吗?”

我不大喜欢堀木酒后醉态百出，堀木深知这一点，特意叮问我：

“听见没？我要亲她们。我要亲坐在我旁边的女服务生给你看。你不介意吧?”

“随便你。”

“太感谢了！我太饥渴了!”

在银座四丁目下车后，仗着恒子的关系，我和堀木两个几乎身无分文的人在空着的包厢里相对而坐，只见恒子和另一位女服务生走过来，那女服务生坐在我旁边，恒子则重重坐在堀木身旁。我吃了一惊：恒子会被堀木亲吻。

我并不感到可惜。我的占有欲本来就不强，即使偶尔稍感惋惜，也不会公然展现自己的支配欲，我没有与人争夺的勇气。甚至于日后的某一天，我眼睁睁地看着与自己同居的女人被人侵犯，竟一言不发。

我总是尽可能地避免介入人世间的纠纷。被卷入是非纷争的旋涡，让我感到恐惧。恒子与我不过是露水姻缘，她并不属于我。对这种事，我不该有“可惜”之类的多余欲念。

但我还是吃了一惊。因为恒子将在我眼前遭受堀木的狂吻，我只是为她感到可怜。被堀木玷污了的恒子，势必与我分手。何况我也没有足够的热情挽留她。“唉，我和恒子就这样完了。”我为恒子的不幸感叹，随即又对自己从不争取，顺其自然的软弱感到彻底的绝望。我望着堀木和恒子的脸，冷笑起来。

但是，事态的发展远比我想象的更为糟糕。

“我认输!”堀木撇嘴说道，“我再饥渴，也不能和这样的女人……”

他颇为无奈地抱起双臂，苦笑着打量恒子。

“请给我酒。我没有钱。”我低声对恒子说。

我现在真想喝个痛快。在世俗的眼光中，恒子连得到醉汉的亲吻都不配，是个难看又穷酸的女人。这未免太出乎我的意料，对我来说犹如五雷轰顶。我从未喝过那么多的酒，一直喝到天旋地转，与恒子悲戚地相视而笑。被堀木那么一说，我也发现，恒子不过是个疲惫又穷酸的女人。然而一种穷人间特有的亲近感（尽管我至今依然认为，贫富之间的不睦，虽是老生常谈，却也是戏剧永恒的主题之一）涌上心头，恒子在我眼中如此可爱。有生以来，我第一次感到自己的心因爱意而萌动着柔弱却积极的力量。我吐了。那是我第一次酩酊大醉，醉到分不清东南西北，醉到不省人事。

睁开眼，恒子坐在我枕边。原来我躺在本所木匠家二楼的房间里。

“你曾说过，‘金钱散尽，情缘两断’，我还以为是在开玩笑，原来你是认真的。那之后再没来过。就这样分手，真是纠缠不清呢。我赚钱给你花，也不行吗?”

“不行。”

接着，她也睡了。天刚蒙蒙亮，她口中第一次说出“死”这个字眼。她似乎也对这人世间的营生感到困顿不堪，而我，恐惧人世，为其烦忧，再想想金钱、地下运动、女人和学业，我简直觉得无法继续活下去，于是随口赞同了她的提议。

但那一刻，我并没有真的做好“去死”的心理准备。对死亡，我多少还抱着一种“游戏”的态度。

那天上午，我们在浅草的六区徘徊，走进一家咖啡店，点了杯牛奶。

“你去付账吧。”

我起身，从和服袖子里掏出钱夹打开，里面只有三枚铜钱。一种比羞耻更为凄厉的情绪俘虏了我，那一刻我脑海中浮现的，是我在仙游馆的那间屋子。那屋子里只有学生制服和被子，家徒四壁，能用来典当的值钱物件已一件不剩。再加上我身上穿着的碎花和服和披风，这就是我的全部。我清醒地意识到，自己再无法活在这世上。

她看到我踌躇的模样，站起身来看着我的钱包：

“哎呀，只有这些了吗？”

她无心的一句话，深深地刺入我的骨髓。生平首次，我为心爱的人的一句话痛不欲生。其实这真的不是大事，三枚铜钱根本算不得钱。但这件事于我而言却是奇耻大辱，是让我再也无法苟活的耻辱。说到底，那时的我还没彻底脱离“有钱人家公子哥”的身份。那一刻，我真正地下定决心：我要去死。

当晚，我们在镰仓跳海。恒子说，她的腰带是从店里的朋友处借来的，于是解下腰带，叠好放在岩石上。我也脱下披风，和她的腰带放在一起。我们双双跳入海里。

恒子死了，我却被救了回来。

或许由于我是高中生，家父又名声在外，报社认为很有新闻价值，便把此事视为重大案件，加以报道。

海边的一家医院收诊了我，老家那边派来一位亲戚替我收拾残局。在故乡的父亲和家人极为恼火，也许会自此与我断绝关系——这位亲戚转告我这些话后便转身离去。比起这些，我更思念死去的恒子，终日落泪不止。原来，在我遇到过的女人中，我真正喜欢的，只有模样穷酸的恒子。

房东的女儿寄给我一封长信，里面写有五十首短歌[①]，全都以“为我而活”这种奇怪的话开头。此外，常有护士来我病房玩，她们笑得一脸灿烂，甚至有的护士会走来紧握我的双手，然后才离开。

经医院检查，我的左肺有些问题，这正合我意。不久，警察以“协助自杀罪”的名义将我从医院带走，但他们当我是病人，把我安置在保护室中。

深夜，一位年迈的夜班巡警悄悄拉开保护室和值班室中间的门。

“喂！”他冲我嚷道，“那边很冷吧，到这边来暖和暖和。”

我故作消沉状，走进值班室，坐在椅子上烤火。

“你还想着那死了的女人？”

“是的。”我故意用细若蚊蚋的声音回答。

“这也是人之常情啊！”

他渐渐摆开了架势，像法官一样故作正经地审讯我。他以为我是个无知的小孩，在这个百无聊赖的秋日夜晚，自以为是调查案件的主任来审讯我，实则不过是图谋从我口中套出猥亵的情欲往事。我早就洞察真相，拼命忍住不笑。我知道，面对一介巡警的“非正式审讯”，自己有权拒绝回答任何问题。可为了给那漫长的秋夜添些兴致，我始终表现出不可思议的诚意，仿佛我坚信这位巡警才是审讯主任，自己所受刑罚的轻重全在他的一念之间。我适度编造出一些“陈词”，以满足这个色鬼的好奇心。

“嗯，我大致明白了。你若照实回答，我们会从宽处理的。”

---

① 短歌：“和歌”，是由五、七、五、七、七音节构成的日本格律诗。

“感激不尽。请多多关照。”我的演技出神入化，但这次的表演对自己毫无用处。

天明时分，我被警察署署长传唤。这次是正式的审讯。

我推开门，走进署长办公室，眼前是一位皮肤黝黑，看起来像是大学刚毕业的年轻署长。

“哟，长得真帅。但这不是你的错，是你母亲的错，怪她把你生得这么俊。”

署长一见我就这么说。这话让我感到一阵凄凉，仿佛自己是个半面脸颊长满红痣的丑陋残疾人。

这位貌似柔道或剑道选手的署长的审讯风格十分爽利，和深夜那位年迈又好色的巡警在深更半夜好色隐晦的“审讯”有云泥之别。审讯结束后，署长一面撰写报送检察署的文件，一面说道:“你可得养好身体啊。好像还在吐血吧?”

那天清晨，我莫名咳了起来。我每次咳嗽，都用手绢掩住口鼻，结果手绢上似乎沾上了血，如同落上了红色的霰。其实，那不是咳出来的，是前一晚我挤破了耳朵下面的小疖子时流的血。不过，我马上意识到，不向警方说明此事于我有利，于是仅仅垂下眼帘，像煞有介事地答了一句:“是的。”

署长写完文件后对我说:“是否会起诉你，要由检察官决定。不过，你最好拍封电报或是打电话给你的担保人，让他们今天到横滨的检察署来一趟。你有担保人或监护人吧?”

我想到，有个叫涩田的书画古董商，曾频繁出入家父在东京的别墅。他与我同乡，身材矮胖，是个四十多岁的单身男子，常拍父亲的马屁，他就是我在学校的担保人。由于那男人的脸，特别是眼神很像比目鱼，家父总是叫他比目鱼，我也一直这样称呼他。

我向警察借来电话本，查到比目鱼家的电话号码，打电话拜托他来横滨的检察署。而比目鱼在电话中一改平日作风，用趾高气扬的口吻与我对话，好在最后还是接受了我的请托。

“喂，最好赶紧把那电话消消毒，那人吐血呢。”

我回到保护室后，署长对巡警们命令道。那大嗓门甚至传到了坐在保护室的我的耳中。

午后，我被细麻绳捆住，不过他们允许我用大衣遮住麻绳，绳子的另一端则牢牢握在一位年轻巡警手中。我们二人一同乘电车前往横滨。

不过，我却没有丝毫不安，还怀念起警察署的保护室和那位老巡警。唉，我怎么会变成这样。身为罪人被五花大绑，反而感到轻松，感到悠闲自得，甚至于现在提笔写起这些回忆，还依然乐不思蜀。

在这段令人怀念的记忆里，也有一件悲惨之事令我冷汗淋漓，终生难忘。当时我在检察署的一间阴暗的屋子里接受了检察官简单的问讯。那位检察官年届四十，看起来个性沉稳（若说我长相俊美，那俊美一定带有邪淫之气；那位检察官才称得上是容貌端正，浑身散发着睿智而文雅的气息），不乏气度。面对他，我不再戒备，只是心不在焉地叙述着事情经过。突然，我又咳了起来，从袖子里掏出手帕时，我瞥见上面的血迹，顿时一个卑鄙的念头涌上心头：这咳嗽也许可以作为我讨价还价的筹码。于是我故意夸张地大咳两声，用手绢掩住口鼻，偷偷瞄了检察官一眼。

就在此时，他露出沉稳的微笑，问道：“你那是真咳吗？”

登时，我冷汗涔涔。不，即使现在回想起来，我依旧紧张得手足无措。

中学时代，傻瓜竹一曾戳着我的脊梁，说着“故意的，你是故意的”，把我一脚踢进地狱。此时我心中的惊慌远远胜过那次。这两件事，是我平生仅有的两次演技穿帮记录。有时我甚至想：“与其遭受检察官那沉着的羞辱，还不如直接被判十年徒刑。”

我被予以缓期起诉处理。但我却丝毫不觉庆幸，我坐在检察署休息室的长椅上，悲戚地等待着担保人比目鱼的到来。

透过身后高高的窗户，我望着布满晚霞的天空，海鸥排成“女”字形，消失在天际处。

第三手札

一

竹一的预言，一个成真，一个落空。“会有女人为你着迷”这个不光彩的预言成为现实；而“你会成为一个了不起的画家”的祝福，却没能实现。

我只是一个无名漫画家，以投稿于一些粗俗杂志来维持生计。

因为镰仓的殉情事件，我被学校除名，之后一直寄居在比目鱼家二楼一间三张榻榻米大的房间里。家里每月寄来少量的生活费，并且不是直接寄给我，而是悄悄寄到比目鱼的手上（这似乎还是哥哥们瞒着父亲寄过来的）。除此之外，家里与我完全断了联系。比目鱼也总是沉着一张脸，即使我在一旁谄笑，他也面不改色。人的态度变化起来，果真如此简单，如此轻而易举吗？人类的善变让我感到卑劣无耻，不，可称得上是滑稽。

“不准出去，总之你不要出去！”比目鱼只是一味地这样警告我。

他似乎担心我会自杀，因此一直紧密盯梢。即是说，他认为我有追随恒子再度跳海的可能，严禁我踏出家门半步。殊不知，我从早到晚待在二楼这间三张榻榻米大的屋子里，没有酒喝，也没有烟抽，只能看点旧杂志，过着白痴一样的生活，早已连自杀的力气都没有了。

比目鱼家在大久保医专附近，门口挂着的牌匾书写着“书画古董商”、

“青龙园”等字样，听起来气势恢弘，其实那栋楼中只有两家住户，比目鱼家不过是其中的一户，店面狭小，店内落满灰尘，摆的都是些不值钱的破烂货(似乎比目鱼也并不指望用摆在店里的东西做生意，他活跃于各种场合，将一位老板的收藏卖给另一位老板，从中获利)。比目鱼本人很少在店内，每天一早，他都板着脸匆匆忙忙地出门，留下一个十七八岁的小伙计看店。比目鱼走后，小伙计就成了监视我的人。小伙计只要有空，就跑到外面和附近的孩子们一起玩接传球游戏。他似乎把二楼的食客看做是傻子或疯子，竟时常以大人的口气对我说教，我素来懒得与人争吵，便装出疲惫而钦佩的神情侧耳聆听，屈从于他。据说这孩子是涩田的私生子，却不知为何，涩田从不与他父子相称，据说他一直单身，似乎也与这孩子有关。我以前似乎曾听家人说起过有关涩田的传闻，但我对于他人的身世一向不感兴趣,所以对详情一无所知。不过有意思的是，这位小伙计的眼神也会让人联想起鱼眼，这样看来，他也许真的是比目鱼的私生子……若真如此，还真是一对落寞的父子。他们曾瞒着住在二楼的我，在深夜偷偷地吃着荞麦面等外卖食物。

比目鱼家一日三餐一直是这位小伙计负责，我这位二楼食客的饭菜，由他放在另外的餐盘中亲自端来，比目鱼和小伙计则在楼下一间四张榻榻米大小的潮湿房间里匆忙用餐，然后不时传出碗碟相碰的清脆声响。

三月末的某个傍晚，比目鱼许是意外地捞到了一笔赚钱的生意，或是有了什么新计策(也许我这两种推测都没有错，也可能还有很多我无法推测的琐碎缘由)，破例把我叫到楼下那难得摆上酒壶的餐桌旁，且桌上的生鱼片居然不是廉价的比目鱼，而是金枪鱼。就连款待我的这位一家之主也对当晚的饭食赞赏有加，席间还向我这位发呆的食客劝酒。

“日后你究竟作何打算?”

我没有作答，从桌上的餐盘中夹起干小沙丁鱼片。望着那些小鱼银色的眼珠，我渐渐有了醉意，不由得怀念起四处游荡的日子，甚至怀念起堀木，越发渴望“自由”，以致想要轻声啜泣。

自从寄居于此，我连搞笑的气力也不再有，任自己暴露在比目鱼和那位小伙计蔑视的目光里。比目鱼似乎有意避免与我畅谈，我也无意跟在比目鱼身后向他诉说，我几乎只剩下一副躯壳，仅扮演一个食客的角色。

“缓期起诉似乎不会留下前科记录。所以只要你肯努力，就能重新开始。如果你愿意洗心革面，认真地把你的想法告诉我，我会帮你想办法的。”

比目鱼的说话方式，不，这世上每个人的说话方式都如此拐弯抹角、闪烁其词，如此不负责任、如此微妙复杂。他们总是徒劳无功地严加防范，无时无刻不费尽心机，这让我困惑不解，最终只得随波逐流，用搞笑的办法蒙混过关，抑或默默颔首，任凭对方行事，即采取败北者的消极态度。

如果当时比目鱼能开诚布公地和我谈，也许一切事情都可以圆满解决。比目鱼那多此一举的戒心，不，应该是世人那不可理喻的虚荣与逢迎，令我感到难以名状的压抑。

如果当时比目鱼这样说就好了：

“无论是公立学校还是私立学校，总之从四月起，你得去学校念书。你若去上学，家里就会给你更多的生活费。”

然而，很久以后我才明白，他要说的其实是这些。如果他当时直截了当地说清，我应该也会照他说的去做。可是，由于比目鱼过分谨慎、拐弯抹角，令这次谈话很不顺利，甚至完全改变了我的人生轨迹。

“若是你无意和我认真商量，那也就没办法了。”

“商量什么？”我根本没有半点头绪。

“就是你心里想的事啊。”

“比如说呢？”

“比如，你日后的打算。”

“我是不是该去工作赚钱？”

“不，我是在问你自己的打算。”

“可是，就算我想去学校……”

“我知道那需要钱。但钱不是问题，关键是你的打算。”

他为什么不告诉我，我家里会给我寄钱呢？他只要说了这句话，我肯定会选择回学校念书。可他不说，我犹如身陷五里雾中。

“如何？将来你希望做点什么？你要知道，照顾一个人有多难，根本就不是被照顾的人所能体会的。”

“很抱歉。”

“其实，我真的很担心你。我既然答应要照顾你，就不希望你糊涂度日。我希望能看到你坚定地踏上一条重生之路。倘若你对自己的未来有所打算，愿意主动与我恳谈，我也会帮你想办法的。不过我比目鱼是个穷人，能帮上你的不多，若你还想像从前那样奢侈度日，那你估计要失望了。但你若能振作精神，清楚规划自己的未来，尽管我能力有限，也会帮助你重新站起来的。我的心意你明白吗？你日后到底如何打算？”

“如果您不愿让我继续在这二楼住下去，我就去工作……”

“你真是这么想的吗？现在这个世道，就算是帝国大学毕业，也……”

“不，我并没打算去做公司职员。”

“那你想干吗?”

“我要当画家。”我咬咬牙，说出了自己的想法。

“啊?”

听了我的话，比目鱼缩起脖子大笑，我永远不会忘记他那张狡猾的笑脸。那笑容中有类似轻蔑的神色，若把人世间比作大海，他诡异的笑容如同游荡在万丈海底的一抹掠影。比目鱼的笑，让我得以窥视成人生活的深层奥秘。

“这样的话我们就没什么好谈的了，你的态度一点也不认真。你回去再考虑一下吧，今晚认真地想一想。”比目鱼如是说。我逃也似地奔上二楼,躺在床上,却无任何头绪。不久天亮了,我从比目鱼家逃了出来。

晚上我一定回来。我去左边所列的朋友家，和他探讨一下未来的事，请千万不要担心。

我在便笺上用铅笔把字写得很大。接着，我留下了堀木正雄的名字和他在浅草的住址，溜出了比目鱼家。

我并非因为对比目鱼的说教感到懊恼才擅自出逃。确如比目鱼所说，我是个不认真的男人，对自己的未来完全没有规划。我这样的人若是继续留在他家无所事事，对比目鱼也很不公平。另外，今后若有机会奋发图强，立下宏志重整人生，那么每月必会需要并不富裕的比目鱼的资助。一念及此，我便寝食难安，觉得自己再也没有颜面待在那个家了。

不过，我并非真的为了和堀木这种人商计所谓的“未来的规划”才逃离比目鱼家的。这只是为了安抚比目鱼(在这里，我套用了侦探小说里的角色想逃得远一些时惯用的把戏。留下那样一封信，虽然也会让人稍感不安，但总比直接给比目鱼闷头一棒，令他惊慌失措、大脑一片空白要强一些。尽管事情一定会败露，但我害怕实话实说，总要加些什么来掩饰。这便是我悲哀的性情，和世人所不齿的“谎话连篇”有几分相似，但我的掩饰几乎从来不是为了给自己谋取私利。我只是害怕气氛的突变。所以,即使明知事后对自己不利,明知自己的“服务”会被人曲解，且成效微不足道而又愚蠢至极，但我出于“服务”的心理，试图用言语欲盖弥彰。我的这种性格却给世上所谓的“正人君子”极大的可乘之机)，才灵机一动，凭记忆在便笺的一端写下了堀木的住处和姓名。

离开比目鱼家，我一路走到新宿，卖掉身上的书，最后还是走投无路。我平素待人亲切，却从未体会过“友情”的真正滋味。除却堀木这类酒肉朋友，与人的一切交往留给我的回忆皆是痛苦。为消解这些痛苦我拼命上演搞笑的戏码，反使自己筋疲力尽。在人来人往中瞥见一个熟人，或是一张似曾相识的脸孔，我都会大吃一惊，旋即被令人眩晕的惊悚钳住。我知道有人爱我,但我似乎缺乏爱人的能力(原本我就常常怀疑，这世上的人们究竟是否具备“爱”的力量)。这样的我，自是不可能有什么“挚友”，更何况我连“拜访”他人的能力都没有。别人家的门于我而言，比《神曲》[①]中的地狱之门更加恐怖，毫不夸张地说，我能切实感受到那扇门后有条可怕且满身血腥的巨龙正在蠕动着身躯。

我没和任何人来往，也无法走向任何人的家门。

我想到了堀木。

① 《神曲》：意大利诗人但丁的著名长诗作品。通过作者与地狱、炼狱及天国中各种神话人物的对话，反映中古文化领域的成就和一些重大问题。

这便是所谓的弄假成真。我决定像信中写的那样，去浅草拜访堀木。在此之前，我从未去过堀木家，大多数时候都是拍电报叫堀木来找我，但现在我连拍电报的钱都掏不出了。况且以我现在的落魄之身，就算拍了电报，堀木也未必会来。这样想着，我终于决定硬着头皮“拜访”对方。叹着气坐上市区电车，想到自己在这个世上唯一的救命稻草竟是堀木，我感到不寒而栗，悲切万分。

堀木在家。他家住在一条肮脏小道的尽头，是栋两层的房屋，堀木仅使用二层一间六张榻榻米大小的房间，一层住着他年迈的父母和三名年轻工匠，正敲敲打打地缝制木屐带子。

这一天，堀木让我见识到了他作为都市人的另一面，即俗话说的“不吃亏”。这个利己主义者的冷漠和狡猾，让我这个乡巴佬瞠目结舌。原来，他和我不同，不是个摇摆不定、随波逐流的男人。

“我真是服了你了。老爷子原谅你了吗？怕还没有吧？”

我没告诉他自己是偷跑出来的。

我照旧含糊其辞，蒙混过关。明知马上会被堀木察觉，还是继续欺瞒。

“总会有办法的。”

“喂，这可不是开玩笑。我劝你还是别再犯傻了。我今天还有事要办，最近忙得晕头转向的。”

“有事？什么事啊？”

“喂，喂，你别把坐垫上的绳子扯断了！”

我和堀木说话的时候，下意识地用手指拉拉扯扯地把玩着坐垫四边像麦穗一样的装饰绳。堀木似乎对自己家中的物品都相当爱惜，连坐垫上的一根绳子也不例外，不仅毫无羞赧之情，还横眉竖目地指责我。仔细想来，堀木在与我交往的过程中，从未吃过半点亏。

此时，堀木的老母亲端来两碗年糕红豆汤。

“哎呀，您这是……”

堀木俨然一副彻头彻尾的孝顺模样，对母亲诚惶诚恐，连说话语气都毕恭毕敬得有些不自然。

“给我们端来年糕红豆汤，真是辛苦您了，这么丰盛……您不必这样费心的，我们马上就要出门办事了。哦，不过，您亲自做的两碗小豆汤，要是不喝就太浪费了。那我还是喝了吧。你也来一碗如何？这是我母亲特意做的。啊，真是美味，太丰盛了！”

看堀木高兴的样子，并不像是做戏，他吃得津津有味。我也喝了点汤，却总觉得有股洗澡水的味道。吃了年糕，又发现那其实不是年糕，究竟是什么我也不知道。我绝不是瞧不起他的穷困家境（我那时并未觉得那东西难吃，也深深领受了老人家的心意。我虽惧怕穷困，却不蔑视贫困），我想说的是，那碗年糕红豆汤和开心地喝着汤的堀木，让我看到了都市人节俭的本性，看到了东京百姓清楚区分内外关系的真实面目。城里人的生活将我这个不分内外、只会不断逃避人生的肤浅的笨蛋彻底拒之门外，甚至于堀木也弃我于不顾。我怀着狼狈的心境，拿起漆面斑驳的筷子，深感落寞，只想写下当时的心情。

“不好意思，我还有事要办。”堀木起身，边穿外套边说，“抱歉，我得先走一步了。”

这时，一位女子来找堀木，我的命运也随之改变。

堀木立刻精神振奋：“哎呀，真是抱歉。我正想去府上拜访，没想到突然来了这位不速之客，不过没有关系，不用理他。来，坐吧。”

堀木颇为慌乱，我把自己坐着的坐垫拿起来，翻过面递给他，他接过之后再次翻面，递给那女人。除去堀木坐着的垫子，屋里就只有那一个坐垫。

那女人瘦瘦的，个子很高。她把坐垫放在旁边，坐在房门边一隅。

我呆坐一旁，听他们对话。女人似乎是杂志社的，事先曾拜托堀木画一些插图，今天是来取稿子的。

“敝社要得很急……”

“画好了，我早就画好了。喏，请过目。”

这时，来了一封电报。

堀木读完，原本兴高采烈的脸一下子沉了下来：“我说，你这到底是怎么回事？”

原来是比目鱼拍的电报。

“总之，你得马上给我回去。我应该亲自把你送回去，可我现在没那个时间。亏了你离家出走，还能摆出那么一副悠然自得的模样。”

“府上在哪里？”

“大久保附近。”我脱口而出。

“这么说来，就在敝社附近。”

这女人是甲州人，今年二十八岁，和五岁的女儿一起住在高圆寺的公寓里。丈夫去世至今已有三年。

“看得出来你很细心，从小到大吃了不少苦头吧？真是可怜哪。”

我第一次过上了小白脸似的生活。静子（这位女记者的名字）去新宿的杂志社上班后，我便和她叫茂子的五岁女儿老老实实地看家。在我来之前，妈妈不在家的时候茂子都去公寓管理员的屋子里玩，现在有了一个“做事周到”的叔叔来陪她，她似乎相当开心。

我在静子家稀里糊涂地待了一个星期。靠近公寓窗外的电线上，挂着一个风筝。春天的风卷着沙尘，刮破了风筝的脸，可它依然紧紧缠住电线，摇摇摆摆地像在点头。每当看到它，我都会面色发红，忍不住苦笑。那个风筝甚至会出现在我的梦魇之中。

“我……需要钱。”

“……要多少？”

“要很多……‘金钱散尽，情缘两断’，此话不假。”

“别犯傻了。那是以前的老话……”

“是吗？不过，你不懂。再这样下去，我也许又会逃走。”

“到底是谁金钱散尽，又是谁要逃走啊……你真是个怪人。”

“我想自己挣钱，用挣来的钱买酒，不，买烟。我的画比堀木的要好很多。”

那一刻，我脑海中浮现的是中学时被竹一认作“妖怪”的那几张自画像，那些遗失的杰作。多次搬家，辗转之间，我遗失了它们。在我心目中，只有那些画作称得上优秀。后来我又尝试画过多次，都远远不及那记忆中的珍品。我怅然若失，内心空虚而倦怠。

亦如一杯喝剩下的苦艾酒。

我唯有这样暗自形容那永远无法弥补的失落感。因此，每每提及绘画，便有一杯喝剩下的苦艾酒在我面前若隐若现，我顿时焦躁不已。“啊，真该给他们看看我的那些自画像，我的绘画才能肯定会让他们大跌眼镜。”

“呵呵，是吗？你一本正经地开起玩笑来还真是可爱呢。”

“这不是玩笑。我说的是真的，啊，真该给你看看那些画。”我烦躁不已，却无可奈何。突然一转念，断了这种想法，我对静子说：

“漫画！至少我的漫画画得比堀木强！”

这句敷衍了事的玩笑话，静子反而深信不疑。

“是啊，我也很佩服你的漫画功底。你平时给茂子画的那些漫画，连我看了都捧腹大笑。你想不想试试？我可以向总编推荐你！”

静子所在的杂志社并不知名，主要发行以儿童为阅读对象的月刊。

“……大多数女人见到你，都想为你做点什么……你总是一副战战兢兢的样子，但却是个滑稽大师呢……有时你孤单陷入沉思的模样，反而牵动女人的心。”

静子说了很多，听来是在恭维我，我却觉得她说的都是小白脸身上的卑劣特质，因此愈加“消沉”，委靡不振。我暗自思忖，金钱比女人重要，我迟早都要脱离静子，自力更生。可实际上我却渐渐陷入不得不倚仗静子的尴尬局面。我离家出走后的一切事由，皆由这位性格刚强的甲州女人打点，最终我确实如她所说，不得不在她面前越发“战战兢兢”。

在静子的安排下，比目鱼、堀木和静子三人协商决定：我与家里完全断绝关系，同静子“光明正大”地同居。在静子的帮助下，我的漫画也出人意料地卖出了好价钱，我用赚来的钱买烟、买酒，但我的惶恐和忧虑却与日俱增。郁郁寡欢之至，我突然想起了故乡的家。在为静子的杂志社画每月的连载漫画《金太郎与大田的冒险》时，一股凄凉之感袭上心头，我低头落泪，竟久久无法动笔。

那段时间，茂子是我唯一的安慰。即使在我如此落魄的时刻，茂子仍毫不犹豫地叫我“爸爸”。

“爸爸，人们说只要用心祈祷，神灵什么都会答应，是真的吗？”

如果是真的，我真想向神祈祷。

神啊，求您赐予我坚定的意志，让我知晓“人类”的本质。人们相互排挤，难道不是罪过吗？神啊，请赐予我愤怒的假面。

“嗯，是真的哦。茂子想要什么，神都会给哦，不过爸爸想要的，就不一定了。”

我甚至连神明都惧怕。我不相信神爱世人，只相信神的惩罚。在我看来，所谓信仰，不过是为了接受神灵的鞭笞而在审判台前低头。我相信地狱的存在，却决不相信有天堂。

“为什么不一定呢?”

“因为爸爸不听父母的话。”

“真的？可大家都说，爸爸是个好人呢。”

那是因为，我骗了所有的人。我知道这公寓里的人都对我印象不错。可我愈是恐惧他们，他们就愈喜欢我；而我愈是被人喜欢，就愈觉惶恐，然后不得不想方设法逃离他们。要想让茂子明白我这不幸的怪癖，恐怕太难了。

“茂子会向神明祈求些什么呢?”我若无其事地转换了话题。

“我想要一个真的爸爸。”

我顿时愕然，感到头晕目眩。敌人！究竟我是茂子的敌人，还是茂子是我的敌人？总之在那一瞬，透过茂子的脸我看见，那里也有一个威胁着我的可怕的大人，一个陌生人，不可理解的陌生人，神秘的陌生人。

我以为茂子是我唯一的安慰,却未承想到这个孩子身上也隐藏着“冷不防拍死牛虻的牛尾巴”。那之后，我在茂子面前也会提心吊胆。

“色魔！在吗?”

堀木又来看我了。我出逃那天，他是那样的冷眼相待，可我依然无法把他拒之门外，而是用微笑迎接他。

“你小子的漫画挺受欢迎嘛！像你这种业余爱好者，倒是有股初生牛犊不怕虎的胆量。不过，可别大意哦。你的素描可是烂得不成样子。”

堀木甚至摆出一副老师的架势。惯常的焦躁情绪折磨着我，我想，若是能把那“妖怪”的自画像给这家伙开开眼就好了，口上却说：“别再说了，再说我就要大叫了。”

堀木越发得意起来：“仅凭圆滑处世的才能，迟早有一天你会露馅的哦。”

圆滑处世的才能？我简直哭笑不得。我有什么圆滑处世的才能！不过，像我这种恐惧人类、逃避人世、总是敷衍了事的人，是否无意间契合了那些奉行“明哲保身”之道的精明狡猾之徒的处世论呢？人啊，明明一点也不了解对方，错看对方，却视彼此为独一无二的挚友，一生不解对方的真性情，待一方撒手西去，还要为其哭泣，念诵悼词。

堀木是我离家出走事件的善后人之一（他一定是在静子的殷勤邀请下才勉强同意的），所以他总以我的救命恩人自居，摆出一副月下老人的派头，常常像煞有介事地教训我，或是深夜喝得酩酊大醉来我这儿住下，向我借五日元后（每次都是五日元），扬长而去。

“不过，你这玩弄女人的放荡生活也差不多该收场了。再这样下去，世人可不会饶恕你。”

所谓“世人”，到底是什么？是人的复数吗？世人的实体究竟在哪里？一直以来，我茫然不知，只觉得世人应是强大、严厉又可怕的东西。但经堀木一说，“所谓的世人，不就是你吗？”这句话我呼之欲出，终归还是怕惹恼堀木，欲言又止。

（世人可不会饶恕你。）

（什么世人啊。是你不会饶恕我吧？）

（做这种事情，世人一定会要你好看。）

（什么世人啊。是你会要我好看吧？）

（世人迟早会葬送你！）

（不是世人，是你要葬送我吧？）

“看看你有多么恐怖、古怪、心狠手辣、老奸巨猾、阴森狡诈！”这些话语在我心中翻滚，而我只是用手绢擦了擦脸上的汗，笑道：

“呵呵，冷汗、冷汗。”

不过，自那时起，我有了一种想法：“所谓世人，不就是个人吗？”

认清世人无非是个人之后，我多少能够依照自己的意志行动了。借用静子的话，便是我变得有些任性，不再战战兢兢了。若是借用堀木的话，便是我成了一个小气鬼。用茂子的话说，便是我不那么疼她了。

我终日不苟言笑，边照看茂子，边应各杂志社的邀请（除静子所在的杂志社，陆续有其他杂志社向我约稿。但那些杂志社更为低俗，都是些所谓的三流出版社），画《金太郎与大田的冒险》、明显模仿《逍遥老爸》的《逍遥和尚》、还有连自己都不知所云的《急性子的小宾》等一些恶搞漫画。在阴郁的心情下，我慢吞吞地涂鸦（我的运笔本来就很慢），仅为赚些酒钱。静子下班回家后，我便和她换班，急匆匆地赶到高圆寺车站附近的小摊或是小酒吧喝些廉价烈酒，待心里舒坦一些，便打道回府。

“越看越觉得你长相怪异。其实‘逍遥和尚’的长相就是看了你的睡脸得到的灵感。”

“你的睡脸也很苍老。活像四十多岁的男人。”

“那还不都怪你。我都被你榨干啦。人生无常，世事难料，何苦忧愁自扰……”

“别瞎嚷嚷了，快睡吧。要不要吃点东西？”静子心平气和，完全不吃我这套。

“要是有酒我就喝点。人生无常，世事难料，世事无常……啊不，人生无常，世事难料啊！”

我一边胡乱唱着，一边让静子帮我脱衣，然后把额头抵在静子胸前沉沉睡去。这就是我的生活。

同样的事日日反复，
只需遵循与昨日相同的惯例。
倘若避免大喜大悲，
彻骨的悲伤便不会到来。
前方路遇挡路之石，
蟾蜍都会绕路而行。

这是上田敏[①]翻译的一首查尔·柯娄[②]的诗。读后，我羞赧万分，满脸发烫。

① 上田敏：1874–1916年，日本文学家、评论家、启蒙家、翻译家。其诗歌译作在日本广为流传。

② 查尔·柯娄：1842–1888年，Guy–Charles Cros，法国诗人。

蟾蜍。

(那便是我。世人对我根本不存在原谅或宽恕、葬送或不葬送之问题。我比猫狗还要低级。我是蟾蜍，只配在地上活动的蟾蜍。)

酒愈喝愈多，我不光在高圆寺车站附近喝，还去新宿、银座，有时甚至彻夜不归。我已不想再遵循“惯例”。在酒吧，我一副无赖相，不断亲吻女服务生。换言之，我又回到了殉情前的日子——不，我比那时酗酒更凶、更无耻下流。钱用尽，我甚至拿着静子的衣服去典当。

望着那破旧的风筝苦笑的日子持续了一年之多。樱花树又抱嫩芽之时，我再次偷偷拿着静子的和服腰带和衬衫去典当，用得来的钱去银座喝酒，连续两晚夜不归宿。第三晚，我终觉做得有些过分，下意识地蹑手蹑脚回到住处，却听到静子与茂子的对话：

“为什么爸爸要喝酒?”

“爸爸啊，并不是真的喜欢喝酒。因为他人太好了，所以才……”

“好人都要喝酒吗?”

“也不是……”

“爸爸一定会吓一跳!”

“也许会不喜欢它呢。你看，它又从箱子里跳出来了。”

“像急性子的小宾一样。”

“是啊。”

我听见静子低声笑着，那是发自内心的幸福笑声。

我将门打开一条细缝向内窥视，原来是一只小白兔。它一蹦一跳地在屋里转圈，母女俩追着它跑。

(真是幸福的母女俩。我这种浑蛋夹在她们中间，只会把她们的生活弄得更糟。质朴的幸福。一对好母女。啊，若有神明愿意听我祈祷，请赐予我幸福吧，哪怕平生只有一次。请赐予我一次幸福吧。）

我多想就这样双手合十，蹲身祈祷。但我悄悄掩上门，转身去了银座，从此再也没回过那间公寓。

我再次过上了小白脸的生活，借住在京桥附近一家小酒吧的二楼。

世人——我似乎也懵懵懂懂地明白了何谓世人。世人就是人与人的争斗，而且是现场之争，人活着仅是为了在争斗中取胜。人们互不屈服，即使奴隶也有其卑微的报复。所以，除了当场决出胜负，人们没有其他生存方式。他们冠冕堂皇，以个人为斗争目标，战胜一人再去迎战下一人。世人的困惑便是个人的困惑。大海指的不是世人，而是个人。如此一来，我对人世间这片亦真亦幻之海的恐惧大为减弱，不再如以往那样劳心费神，永无穷尽，即是说，我开始只考虑眼前需求，变得厚颜无耻。

我逃离高圆寺公寓，对京桥小酒吧的老板娘说："我和她分手了。"这一句胜过一切。从那晚起，我便堂而皇之地住进了酒吧二楼。可怕的"世人"并未伤我分毫，我也未对"世人"作出任何解释。只要老板娘乐意，一切都不是问题。

我像是客人，又像是老板，像是店小二，又像是店家亲戚。我理应是个来路不明之人，但"世人"却并不觉奇怪，店里的几位常客还"小叶、小叶"地称呼我，待我甚为友善，还常常请我喝酒。

我逐渐对这个世界放下戒心，慢慢地发现它其实并没那么可怕。迄今为止，我对这个世界的恐惧，更类似于对"科学迷信"类的恐惧。例如春风里夹杂着数十万百日咳细菌；澡堂里成千上万的细菌会致人失明；理发店里隐藏着数以万计的秃头病病菌；省线电车的吊环上有疥癣虫攒动；生鱼片和生烤猪牛肉里潜伏着绦虫的幼虫、肝蛭和各种虫卵；赤脚走路玻璃碎片划破脚心时，碎片会在体内游走，刺破眼珠，致人失明。兴许从科学角度来看，的确有数以十万计的细菌在空气中游曳蠢动。但我知道，如果我无视它们的存在，它们便与我毫无干系，只是转瞬即逝的“科学幽灵”罢了。还曾听说，若每人饭盒里剩三粒米，千万人如此，每日则会浪费掉几袋米。或是每人每天少用一张纸巾来擤鼻涕，千万人一同行动可以省出一池纸浆。类似的“科学统计”，曾令我苦不堪言。即使我只剩了一粒米饭，或是擤一次鼻涕，都会让我误以为自己浪费的米粒和纸浆已然堆积如山，我顿时心情沉重，恍如自己犯下了滔天大罪。不过，这仅是“科学的谎言”、“统计的谎言”、“数字的谎言”，吃剩的三粒米不可能被汇集一处，即使作为加减乘除的应用题，它们也不过是最为粗浅且低能的题目。如同去计算熄灯后昏暗的卫生间里，会有多少人单脚踩入粪坑；或是计算有多少乘客会跌入省线电车的入站口与月台外缘间的缝隙，考虑这种概率问题着实太过愚笨。即使它们有可能发生，但我却从未听闻有人因没跨好粪坑而受伤。然而，一直以来，我却深信这些所谓的“科学事实”，就在昨日，还把它们当做事实照单全收，并为此惶惶不可终日，想来简直幼稚得可笑。由此，我开始渐渐领会这个世界的真相。

即便如此，我面对世人仍心有余悸。与店里的客人照面时，我总要先饮下一杯浊酒，如同要去见的是多么可怕的东西。尽管如此，我仍旧每晚都出现，就像小孩子见到可怕的小动物，反而会用力把它握紧，我甚至可以借着酒兴向客人们吹嘘不入流的艺术论。

唉，可惜我是一个无大喜大悲、籍籍无名的漫画家。我急切地盼望着可以经历一场放纵的快乐,纵使巨大的悲哀将接踵而至,我也在所不惜。但是,我眼下却只得与酒客们聊些无用之事,喝客人请我喝的酒,以此作乐。

我在京桥百无聊赖的日子已持续了一年之久,我的漫画已不再局限于以儿童为阅读对象的杂志,车站上出售的那些粗俗而猥亵的杂志也开始刊登我的作品。我以“上司几太”(与“情死未遂”一词同音)这个戏谑的笔名,画些龌龊的裸体画,并常在其中插入《鲁拜集》[①]中的诗句:

别再做徒劳的祈祷,
抛却那引人落泪之物。
干杯吧,只想那美好之物,
忘却多余的忧愁。

以不安和恐惧威胁他人之徒,
终将畏怯自己的滔天罪行。
日日防备死者的复仇,
机关算尽,不得安卧。

昨夜,美酒入喉,我心欢畅。
今朝,酒冷香落,徒留荒凉。
怪哉,仅一夜之隔,
我心竟判若两人!

---

① 《鲁拜集》:波斯古典诗人欧玛尔·海亚姆(1048–1122年)的四行诗集。

抛却诅咒，

就像听见远方战鼓喧嚣。

莫名不安袭来，

一一问责琐碎之事，终究无路可走。

正义是人生指南？

且看那血流成河的疆场，

且看那刺客的刀尖，

正义又在何方？

哪里有真理为我们指路？

睿智之光又在何方？

在美丽与恐惧并存的浮世，

软弱之人被迫背负难当的重荷。

只管在人世播撒无能为力的情欲种子，

只管让世人接受善恶罪罚的诅咒，

只管让世人彷徨失措、束手无策，

却不赋予他们相当的意志和力量。

你在何处彷徨张望？

何为批判、反省、再次思量？

嘿，净是空虚的梦、虚妄的幻象。

哎嘿，忘了饮酒，一切都是虚无的思量！

广阔苍穹的无际无边，
乱世浮生不过沧海一粟。
谁知这地球为何自转？
随它自转、公转还是翻转！

无上的力量无处不在，
所有国家，所有民族，
无不拥有同样的人性。
只我一人异端邪流？

世人皆将圣训 误读，
否则亦是缺乏常识与智慧。
禁止肉身之乐，又戒除美酒入喉，
好吧，穆斯塔法，我就是不愿随波逐流！

但在那时，却有一位处女劝我不要喝酒。

“这样可不行啊，你从早到晚都醉醺醺的。”

她是酒吧对面一间小香烟铺的女儿，十七八岁，叫祝子，皮肤白皙，还长着一对小虎牙。我到铺子里买烟时，她总是笑着这样劝我。

“哪里不行了，喝酒有什么不好？有多少就要喝多少。‘人子啊，用酒来消除你们的憎恨吧！’古代的波斯人都这么说。他们还说：‘能给沉浸在悲伤之中的心灵带来希望的，只有那微醺的玉杯。’你懂吗?”

“不懂。”

“你这丫头。小心我亲你哦!”

“那你亲啊。”

她毫不羞怯地撅起下嘴唇。

“你这傻丫头，一点贞操观念都没有……”

话虽如此，祝子的脸上明显散发着尚未被玷污的处女气息。

新年伊始的一个寒冷冬夜，我醉醺醺地出来买烟，不小心掉到香烟铺前的下水道里。我大喊:“祝子！快来救我。”祝子将我拉了上来，并为我处理右手的伤口。那一次，祝子没有笑，只是若有所思地说道:“你酒喝太多了。”

我毫不在乎死亡,但若是受伤流血沦为残废,却觉得实在对不住祝子。我一面让祝子为我包扎伤口，一面想自己也许真的该戒酒了。

“我不喝酒了。从明天起，滴酒不沾。”

“真的?”

“说到做到。若我戒了酒，祝子愿意和我结婚吗?”我是真心想戒酒，但结婚的事却是戏言。

“当然。”

所谓“当然”，是“当然可以”的省略语。当时流行各种各样的省略语，比如“时男”(时尚男子)、“时女”(时尚女子)等。

“好。我们拉钩。我一定会戒。”

第二天，我依然是一早便酒不离口。

傍晚，我摇摇晃晃地走到祝子的店前，对她说:

“祝子，对不起呀，我又喝酒了。”

“哎呀，你好讨厌，故意装成醉酒的样子。”

我愣了，醉意清醒了大半。

“不，我说的是真的。我真的喝了，不是装醉。”

“别逗我了，你好坏哦。”祝子丝毫不怀疑我。

“你看我这副样子就知道啦。今天我从早喝到晚。你要原谅我哦。”

“你演技可真好。”

“傻丫头，我不是在演戏。当心我亲你哦。”

“那你亲呀。”

“不，我没资格。我不能娶你为妻了。你看我的脸，我的脸很红吧？因为我喝酒了啊。”

“脸红是因为夕阳的缘故。你不要骗我了。我们昨天不是说好了吗？你怎么可能还去喝酒。我们都拉过钩啦。你说什么喝了酒，都是骗人、骗人、骗人！”

祝子坐在昏暗的店铺中微微一笑，白皙的脸上闪现的是不曾见过丑恶的童贞，它在我眼中尊贵无比。迄今为止，我还未和年轻的处女上过床。那一刻我决定了：我要与祝子结婚。即使巨大的悲哀接踵而至，只要此生能够经历一场放纵的快乐，我便无怨无悔。过去我总以为，所谓的处女之美不过是愚昧的诗人天真哀伤的幻想，没想到它真的存在于世。我对祝子说：“结婚后，春暖花开之时，我们骑单车去看青叶瀑布吧。”这便是所谓的“一锤定音”，我毫不犹豫地窃取了这朵鲜花。

不久，我们结婚了。从中得到的快乐并没我想象的那么大，接踵而至的悲哀却绝非“凄惨”所能形容，远远超过我的想象。于我而言，“世人”

终究是一个深不见底的恐怖洞穴，它绝非那么简单，所谓的“一锤定音”并不能决定一切。

二

堀木与我。

若世上所谓的“交友”是指彼此轻蔑又相互来往，并使双方越发无趣，那么我与堀木一定是最好的朋友。

多亏京桥那间小酒吧的老板娘侠义相助（用“侠义”来形容女人，多少有些怪异。但依我的经验，至少在都市男女中，女人比男人更具有仁厚的侠义心肠。男人们做事大都畏首畏尾，只重门面，还很吝啬），我与香烟铺的祝子顺利完婚。我们在筑地[①]和隅田川一带租了一间屋子，屋子位于一栋木质小二楼的底层。两人开始一起生活。我不再喝酒，渐渐专心于已成为自己固定职业的漫画创作之中，晚饭后两人去看看电影，回家的路上去咖啡店小坐，或是买盆花。不，比这些更为快乐的是听对我深信不疑的小小新娘讲话，端详她的一颦一笑。我胸中泛起点点温暖，以为自己已慢慢成为一个普通人，不必再以悲惨的方式结束自己的生命。但堀木又出现在我眼前。

“嘿！色魔！咦？变聪明不少啊。其实，我今天是替那位高圆寺的女士来传话的。”

堀木说到一半急忙收声，朝着在厨房泡茶的祝子扬了扬下巴，低声

① 筑地：东京都中央区隅田川河口西岸地区。

问我祝子是否会介意。

“没关系，想说什么就说吧。”我心平气和地答道。

老实说，祝子真是个信赖他人的天才。我和京桥酒吧的老板娘之间的关系自不必说，连我向祝子坦白镰仓事件时，她也毫不起疑。这并非由于我高超的撒谎技巧，有时我甚至说得再直白不过，祝子却似乎只当那些是玩笑话。

“你还是一副自命不凡的样子。不过本来也没什么大不了的，她只是让我转告你，有空去高圆寺那边玩。”

即将忘却的时候，却飞来一只怪鸟，用喙啄破我记忆的伤口。过往的可耻和罪恶的记忆转瞬间在眼前浮现，我坐立不安，恐惧到想要大吼大叫。

“去喝一杯吧。”我说。

“好。”堀木答道。

我与堀木，外形上本就相似，有时会让人误以为是同一人。当然，这只会发生在我们四处去喝廉价酒的时候。总之，只要我们两人一碰头，顷刻间就变成两只大小和毛色都相同的狗，在飘着雪的小巷中四处奔走。

那天之后，我与堀木重修旧好。我们去了京桥的那间小酒吧，最后两只烂醉如泥的狗还造访了静子在高圆寺的公寓，在那过了一晚后才回家。

我永远不会忘记那个闷热的夏日夜晚。傍晚时分，堀木穿一件皱巴巴的和服单衣，来到我在筑地的公寓。他说今天因某种必要原因，把夏服拿去当铺典当了，若被老母亲发现则太不成体统，因此想尽快把衣服赎回。总之，他叫我借他一些钱。不巧的是那天我身上也没钱，便照老样子吩咐祝子拿衣服去当铺换些钱来借给堀木，剩下的一点钱则让她买了烧酒。我和堀木两人坐在公寓的屋顶，隅田川飘来的风里隐约夹杂着一股泥腥味，我们即将开始一顿些微肮脏的纳凉晚宴。

那时，我和堀木玩一种猜喜剧名词或悲剧名词的游戏。这游戏是我自己发明的，名词既然可以分为阳性、阴性、中性，那也理应有喜剧与悲剧之分。例如，轮船和火车都是悲剧名词，市内电车和公交车则都是喜剧名词。不懂其中缘由的人不配谈论艺术。若有剧作家在喜剧剧本中混入一个悲剧名词，就不配再以剧作家自居。换成悲剧剧本亦是如此。

“准备好了吗？香烟是什么词？”我问道。

“是悲（悲剧的省略语）。”堀木立刻回答。

“药呢？”

“是药粉还是药丸？”

“针剂。”

“悲。”

“是吗？也有荷尔蒙注射剂哦。”

“不，肯定是悲。你不觉得只要有针都是悲剧吗？针本身就是一个大悲剧。”

“好吧，算你对。不过你听着，‘药’和‘医生’是个例外，它们都是喜（喜剧的省略语）。那‘死’呢？”

“喜剧。‘牧师’和‘和尚’也是。”

“厉害。这么说来，‘生’是悲剧啦。”

“不，一样是喜剧。”

“不是吧，这样的话什么都成喜剧了。那我再问你一个，‘漫画家’

是什么词？你不会也说它是喜剧名词吧？”

“悲剧，悲剧。这是个分量很重的悲剧名词！”

“哈哈，原来你是个大悲剧呀！”

闲聊渐渐变成低俗的玩笑话。这种游戏虽然无聊，但我和堀木却觉得这比世上所有沙龙游戏都来得巧妙，为此还扬扬自得。

当时，我还发明了一个类似的游戏，是猜反义词。比如黑的反义词是白，但白的反义词却要是红，红的反义词则是黑。

“花的反义词是？”

“呃……有一间名叫花月的料理店。所以应该是月。”堀木歪着嘴思考着我的问题。

“错，花与月不是反义词，说是同义词还差不多。星星和紫罗兰不就是同义词吗？不是反义词。”

“我知道了，花的反义词是蜜蜂。”

“蜜蜂？”

“经常出现在牡丹画上的……或者是蚂蚁？”

“搞什么啦……那是绘画题材。别想蒙混过关！”

“有了！有句话说‘花遇丛云……’”

“那是月遇丛云吧？”

“哦，对。花遇和风。风！花的反义词是风。”

“瞎扯，那是浪花调[1]里的句子吧？这下你可泄底啦！”

“那就是琵琶。”

“这也不对。花的反义词……啊，你应该在这世界上最不像花的东西

[1] 浪花调：日本民间说唱故事的一种形式，江户时代末期兴起于大阪。

里去找啊。”

“那是什么……等一下，哎呀，原来是女人啊！”

“那顺便问你，女人的近义词是什么？”

“内脏。”

“你啊，真是对诗一窍不通。那内脏的反义词是什么？”

“牛奶。”

“这个答案还有点意思。就按这个思路来，耻的反义词是什么？”

“是无耻嘛！就是流行漫画家上司几太。”

“那堀木正雄的反义词呢？”

说到这里，我们两个渐渐笑不出来，心情变得极度阴郁，如同脑壳塞满玻璃碎片，那是烧酒醉后特有的感觉。

“别得意忘形了。我和你不一样，我没有受过被绳子捆绑的耻辱。”

我大为震惊。原来堀木并没有把我当做一个真正的人。在他眼里，我仅是一个连死都不配、恬不知耻的蠢笨怪物，即所谓的“行尸走肉”。他无非是利用我达到自己快活的目的罢了。原来这就是我们所谓的“交情”。思及此，我心情极为低落。但转念一想，堀木如此看我，也无可厚非。我从小就是一个不配为人的孩子。堀木会对我投以轻蔑的目光，也合情合理。于是，我装出无关痛痒的样子，将话题继续下去：

“罪。你说说罪的反义词是什么？这个很难哦。”

“当然是法律。”堀木平静地答道。

我不禁抬头望向他。附近高楼的霓虹灯忽明忽暗，红色灯光映得堀木的脸犹如鬼差般严肃。我怔住了。

“你在说些什么啊？罪的反义词……怎么成了法律了呢？”

他竟然说罪的反义词是法律！也许这世上的人们想得就是如此简单，他们过着安分守己的生活，认为没有警察的地方才会产生罪恶。

“不然是什么，是神？你身上什么时候有股基督教徒的味道了？倒人胃口啊！”

“哎，你别随便给人下定论。我们再好好想想吧，这个题目挺有趣的啊，我们可以通过答案来了解一个人的全部！”

“这样啊……那罪的反义词是善。善良的市民，也就是我这样的人。”

“别开玩笑了。善是恶的反义词，却不是罪的反义词。”

“恶和罪有区别吗？”

“我觉得有区别。善恶的观念是人定的，‘恶’是人随意创造的道德词语。”

“真是啰唆。即是如此，那就是‘神’吧。神啊神，把什么都推到神的身上准没错。啊，肚子饿了。”

“祝子正在下面煮蚕豆呢。”

“那太好了，我爱吃蚕豆。”堀木将两手放在脑后，仰躺在地。

“你对罪这类东西，像是一点兴趣都没有？”

“可不是嘛。我和你这个罪人不一样，我虽然是个浪子，却没弄死过女人，没骗过女人的钱。”

我没弄死过女人，也没骗过女人的钱——心里某个地方发出微弱却又坚决的反驳声，但我旋即转念，确实是我的不对。我就是有这种癖性。

我终究无法与堀木当面争辩。那因烧酒生出的阴郁醉意让我的心情越发紧绷，我竭力克制，几乎是自言自语般说道：“不过，唯独被关进牢房这件事不算有罪。若知道了罪的反义词，也许就能抓住罪的实体了……

神……救赎……爱……光明……可是，神的反义词是撒旦，救赎的反义词是苦恼，爱的反义词是恨，光明的反义词是黑暗，善的反义词是恶。罪与祈祷、罪与忏悔、罪与坦白、罪与……啊，这些都是同义词，罪的反义词到底是什么！”

“罪的反义词是蜜[①]，像蜜一样甜。肚子好饿，拿点吃的来吧。”

“你自己怎么不去拿？”这几乎是我有生以来，第一次用暴怒的声音对人说话。

“好啊，那我就到下面去和祝子一起犯罪好了。理论不如实践。罪的反义词是蜜豆，不，是蚕豆！”堀木已经醉得口齿不清。

“随你！快离我远点！”

“罪与饿，饿与蚕豆！不对，这些也是同义词。”他说着胡话起身离开。

罪与罚。陀思妥耶夫斯基。有那么一瞬，这两个词在我脑海的角落掠过。说不定陀思妥耶夫斯基先生并不把罪与罚看做同义词，而是看做反义词并列在一起？罪与罚，两个毫无共通之处的词语，水火不容的词语。陀思妥耶夫斯基笔下的水藻、腐臭的池塘、纷乱如麻的人物内心……啊，我懂了，不，又好像没完全明白……正当各种念头走马灯似的在我脑中盘旋时，耳边传来堀木的声音：

“喂！蚕豆，不好了！快来！”

堀木的声音和神色都大变。他刚摇摇晃晃地下楼，片刻就又返回。

“怎么了？”气氛突然变得异常紧张，我们两个从屋顶下到二层，又从二层往我一层的房间走。堀木在半路停了下来：

“你看！”他指着下面，低声说道。

---

① 日文中“罪”的读音为“tsumi”，“蜜”的读音为“mitsu”，二者读音正好相反。

我房间上的小天窗开着，可以见到房中情景。房内亮着电灯，里面有两只动物。

我顿觉天旋地转，呼吸急促，心中不停念道：“这不过是人类的一种姿态，不过是人类的一种姿态，没什么好怕的。”伫立在楼梯上，我甚至忘了要去解救祝子。

堀木大声咳了几下。我逃也般地又跑回屋顶，一股脑躺倒在地，仰视饱含水汽的夏日夜空。此刻，我没有愤怒、没有厌恶或悲伤，只感到骇人的恐惧之感袭遍全身。那不是在墓地撞到幽灵等鬼怪的恐惧，而是在神社的杉树林中遇见身穿白衣的神明时，心中升起的古老、强烈而又不容分说的恐惧。一夜之间，少年华发。渐渐地，我对所有事情失去了自信，对人类生出无止尽的怀疑，世间生活再也无法引起我一丝期待、一丝快乐和一丝共鸣。这件事在我的人生中，着实是一起决定性事件。我被人迎头砍中眉心。那之后，每当与人接近，伤口便会隐隐作痛。

“虽然我很同情你，不过，你应该也能从这件事中有所领悟。我不会再到这里来了，这里简直就是地狱……不过，你还是原谅祝子吧，毕竟你也好不到哪里去。告辞了。”

堀木从不糊涂，断不会在气氛尴尬的地方久留。

我起身，独自一人喝着烧酒，接着号啕大哭，没有停歇地痛哭不止。

不知何时，祝子端着一盘盛得满满的蚕豆，怔怔地站在我身后。

“如果我说我什么都没有做……”

“没事，什么都别说了。你啊，就是不懂得怀疑别人。坐下来，吃蚕豆吧。”

我们并肩而坐，吃着蚕豆。啊，信赖何罪之有？玷污祝子的男人不过是个没文化的矮个子商人，三十岁上下，每次来请我画漫画，都会像煞有介事地留些钱，然后扬长而去。

那商人终究没有再来。不知为何，我对商人并不怎么憎恨，我愤恨恼怒的是堀木。他没有在最初发现时便大声咳嗽或做些什么来阻止二人，却跑回屋顶通知我。在每个不眠之夜，愤怒之情总是不期而至，令我呻吟不止。

对于祝子，我认为不存在原谅与否的问题。她本就是个信赖他人的天才，不懂得对人起疑，但这恰恰是悲剧的罪魁祸首。

我向神明发问："信赖何罪之有？"

比起祝子的身体被人玷污，祝子的信赖被人玷污这件事更令我难过。我在那之后的很长一段时间内都痛不欲生。我这样一个人，惹人厌烦、畏畏缩缩、只顾看人脸色行事、对人的信赖之心早已破裂。于我而言，祝子那信赖他人的纯真心灵宛如青叶的瀑布，清新怡人。但这份纯真在一夜间化为黄色污水。看吧，那晚之后，祝子对我的一颦一笑都十分敏感。

"喂！"

每当我喊祝子，她便浑身一震，似乎不知该看哪里。我努力让她欢笑，故意搞笑，她仍旧战战兢兢，不停地用敬语和我说话。

纯真的信赖之心，果然是罪恶的源泉。

我找来许多妻子被人侵犯的书，通读之后，却还是觉得没有哪个遭受侵犯的女人比祝子更悲惨。发生在祝子身上也完全无法成为故事情节。哪怕矮个子商人与祝子之间有一丝类似爱情的东西，我也会好受些。但在那个夏夜，祝子轻信于他，他们之间仅限于此。我却因此被人迎头砍中眉心，声嘶力竭，一夜白头。祝子也自此一生不得安宁。大多数书都把丈夫能否谅解妻子的“行为”作为解决问题的关键,但我以为,这并非是难以解决的痛苦问题。有权选择是否原谅妻子的丈夫算是幸运的。若无论如何也无法原谅，大可不必闹得沸沸扬扬，直接和妻子离婚，再娶一房便可。若做不到便只得忍下，即所谓的“原谅”。无论如何，丈夫凭自己便可平息所有纷纷扰扰之事。虽说，这类事情的确会让丈夫很受打击，但这种“打击”并不是无休无止冲击着海岸的波涛,有权利的丈夫只要凭借愤怒便可解决一切问题,而我没有任何权利。思及此，我便觉得这一切都是我的错，我连一句责备的话语也无法说出口,更遑论愤怒之情。妻子只因自己与生俱来的可贵品质才遭人侵犯,更何况，她的丈夫也曾被这惹人怜爱的可贵品质深深吸引。那是对人纯真无邪的信任。

纯真无邪的信任，何罪之有?

我对唯一能救赎自己的品质产生了疑惑。我越发难以理解世间的一切，终于回到只有酒精的日子。我的样子越发寒酸，从早到晚喝着烧酒，牙齿脱落得残缺不全，漫画的内容也猥亵不堪。不，准确地说，我偷偷做起了临摹春宫图的买卖，只为赚到买烧酒的钱。每当我看到祝子不敢和我对视、惊慌失措的样子，便猜想:“这女人对人没有任何戒心，莫非与那商人已不是第一次?难道她和堀木也做过?不，或者是和我不认识的人?”疑窦丛生，但我始终没有正视这一切的勇气。我在不安与恐惧中翻滚,唯有喝过烧酒醉倒之后,才敢小心翼翼地尝试那卑屈的诱导性审讯。我的心笨拙地随着审讯忽喜忽悲，表面上却做出滑稽的表演，随后对祝子进行地狱般可憎的爱抚，再像烂泥一样酣然睡去。

那年岁末,烂醉如泥的我深夜到家,想喝杯糖水。祝子好像已经睡了,于是我径自去厨房找来糖罐，打开盖子发现里面根本没有糖，却有一只黑色的细长纸袋。我无意中拿起袋子，贴在上面的标签令我错愕。标签已被人用指甲刮去大半，只留下外文部分，清清楚楚地写着：DIAL。

DIAL。尽管我那时嗜烧酒如命，却还没到服安眠药的地步，但我本就长期失眠，对常见的安眠药很是熟悉。单凭这纸袋里的剂量已足够置人于死地。虽然袋子还未开封，但祝子把它藏在这里肯定有所打算，而且故意撕掉标签，一定是想对我隐瞒。可惜她不懂标签上的外文，只用指尖把标签刮去一半，以为这样便可万无一失了（祝子啊，你并没有错）。

我悄悄在杯子里倒满水，尽量不发出声音，然后慢慢撕掉纸袋封口，一口气将药片全部倒入嘴中，用杯中的水缓缓送服，之后关上灯回房睡觉。

据说，我死人一般地整整睡了三天。医生认为是过失，一直犹豫着是否要报警。听说我醒来说的第一句话，竟是“我要回家”。当时，就连我自己都搞不清楚，要回的“家”究竟是何处。我只是喃喃着，不停地落泪。

眼前的雾气渐渐散去，我看到比目鱼坐在床头，满脸不耐烦。

“上次也是在岁末吧。这种时候谁都忙得焦头烂额，你要还是瞅准岁末做这种事，我这条老命可要搭进去了。”

京桥酒吧的老板娘也在一旁听比目鱼说话。

“老板娘。”我叫她。

“在呢，怎么样，你醒了？”老板娘说着，一张笑脸出现在我上方。

“请让我和祝子离婚吧。”我泪流满面，说出的话连自己也吃了一惊。

老板娘站起身来，幽幽地叹息。

接下来，我再度开口，说出任谁也想不到的话，简直不知该用滑稽还是用愚蠢来形容：

“我要去一个没有女人的地方。”

“哈哈！”比目鱼第一个放声大笑，老板娘也跟着“扑哧”一笑，我流着泪，满面通红，也苦涩地笑了。

“嗯，这想法很好。”比目鱼露出他那一贯的懒散笑容，“你还是去一个没有女人的地方吧。只要有女人，你就无法振作。找个没有女人的地方，倒是个好主意。”

没有女人的地方。殊不知，我这句傻气十足的呓语，到最后竟以极为惨烈的方式成真。

祝子似乎坚持认为我是替她服毒，因此待我比从前更加惶恐不安。我说什么她都不笑，并且轻易不开口说话。如此一来，我待在公寓中也嫌烦闷，于是走到外面，和从前一样找些廉价酒痛饮一番。不过，自从服药事件之后，我的身体明显消瘦，手脚乏力，对画漫画也日益倦怠。我一咬牙，用比目鱼到医院探病时带来的钱（比目鱼说，这笔钱是他的一点心意。他递给我时，像是在自掏腰包。可那似乎还是老家的哥哥们给我的钱。比起从比目鱼家出逃时，我已有了长进：虽然依旧糊涂，却也能识破他装模作样的把戏。我狡猾地装作毫不知情，神色微妙地接过慰问金，向比目鱼施礼。至于比目鱼为何要耍弄那样复杂的把戏，我至今似懂非懂，但至少并未感到奇怪），独自去了一趟南伊豆温泉，但却丝毫没能悠闲地享受温泉风光。每每思及祝子，我就寂寞不已，没有一丝眺望旅店窗外群山的宁静心态。我既没换上棉袍，也没有泡汤，而是跑到旅馆外，冲进一家脏兮兮的茶馆，拿起烧酒猛灌下去，把身体搞得更糟后回到东京。

某个夜晚，东京飘着大雪。我醉醺醺地走出银座，一面用微弱的声音反复哼唱着“这儿离家乡几百里、这儿离家乡几百里”，一面用靴子踢散堆积在地的积雪。然后我咯血了。那是我第一次咯血，雪上出现了一面大大的太阳旗。我斜着眼，盯了一会旗帜，便蹲下身，用两手捧起旁边干净的雪，一边洗脸，一边落泪不止。

这是哪里的小路？

这是哪里的小路？

仿佛幻听一般，远处依稀传来女童哀婉的歌声。不幸。这世上不幸的人各式各样——不，毫不夸张地说，这世上尽是不幸的人。但这群人能够堂堂正正地向这个世界抗议自己所承受的不幸，“世人”也大度地给予他们理解和同情。可我的不幸源于自身的罪恶，无法向任何人抗议，若我吞吞吐吐地说出一句类似抗议的言辞，恐怕不只比目鱼，这世上所有的人都会大吃一惊，他们认为我哪有资格提出抗议。我究竟是俗话说的“任性狂妄”，还是与之相反，是个懦弱的胆小鬼呢？我自己也十分费解。总之我可谓是罪恶的聚集体，无论走到哪里都会陷入不幸，全无防范之策。

我站在路边，思索着先找点药治病再说，便走进附近的药店。与老板娘相视的瞬间，她像是受到闪光灯照射般，瞪大双眼，呆呆地站立。她睁大的眼里，透出的并非是惊愕或是厌恶，而是一种寻求某种救赎的倾慕之情。这位老板娘一定也是不幸之人，不幸之人自能敏感地觉察他人的不幸。我正这样想着，突然注意到老板娘竟是拄着拐杖，颤巍巍地站着。我克制住想跑到她面前的冲动，却还是在与她面面相觑时落了泪。

紧接着，老板娘也簌簌落泪。

仅此而已。我一言不发地走出药店，踉踉跄跄地回到公寓，让祝子为我倒了盐水，喝罢默默躺下。翌日，我谎称自己有点感冒，在屋里躺了一整天，半夜却还是无法忍受那不为人所知的咯血引发的不安，起身去了那家药店。这次我面带微笑，如实告知老板娘自己一直以来的身体状况，和她商量治疗方案。

“你一定不能再喝酒了。”老板娘犹如我的亲人一样关心我。

“可能是酒精中毒，我现在还想喝酒。”

“不行。我丈夫以前也是这样，明明有肺结核，却说喝酒能杀死病菌，嗜酒如命，自己折了寿。”

“我现在担心得很。简直是怕得要命。”

“我给你开些药。记住千万不能再喝酒了。”

老板娘（她是位寡妇，有一个男孩，在千叶或是什么地方的医科大学读书，不久患了和父亲同样的病，现在休学在医院调养，家里还躺着一位中风的公公。女老板五岁的时候患上小儿麻痹，一只脚完全不能走路）拄着拐，翻箱倒柜地为我配药。拐杖杵在地上，发出“嗵嗵”的声音。

“这是造血剂。”

“这是维生素注射剂，注射器在这里。”

“这是钙片。肠胃不好时，吃这个淀粉酶。”

“这个是……那个是……”女老板善意地向我说明了五六种药品的用法。于我而言，这位不幸的老板娘给予我的善意却太过厚重。最后，她将一种药迅速用纸包好，叮嘱我实在忍不住想喝酒时才能用。

吗啡的注射剂。

老板娘说，吗啡对人的伤害比酒要小，我也相信她说的。加之我已感到醉酒是件很不光彩之事，如能摆脱酒精这一魔鬼的长期纠缠，我万分喜悦，因此毫不犹豫地在胳膊上注射了吗啡。不安、焦躁、羞怯一扫而空，我甚至变成一位阳刚上进的雄辩家。每次注射后，我忘记了身体的衰弱，埋首于漫画创作之中，画笔所到之处妙趣横生。

起初，我每日只注射一支，逐渐增加到两支、四支，渐渐地，没了吗啡我已无法工作。

“这样不行，中毒了怎么办?”

经她这么一说，我觉得自己已然有了毒瘾(我是很容易接受他人暗示的人。若有人对我说，“虽然这笔钱不能花，但至于花不花是你的事”，我反而觉得不花不行，不花会辜负他人的期待，于是必定会马上把这笔钱花光)，中毒的不安反而让我对吗啡的欲求日益膨胀。

“求你了！再给我一盒。月底我一定把账付清。”

“账什么时候付都可以，但若被警察知道就麻烦了。”

唉，不知为何，我周遭总是充斥着一些阴森污浊、形迹可疑之人。

“警察那里就拜托您了。老板娘，我吻您一下吧!”

老板娘涨红了脸。

我趁机央求：“没有药，我的工作就一筹莫展。于我而言，它就像是壮阳药。”

“这样的话，你干脆用荷尔蒙注射剂好了。”

“请您不要戏弄我。要么酒，要么就是那种药。缺了它们我就无法工作。”

“酒是绝对不行的。”

“对吧？自从用了那种药，我滴酒未沾。多亏了它，我的身体状况也一直很好。我也不想一直画质量粗糙的漫画，我打算把酒戒掉，养好身体，多多学习，一定成为一名了不起的画家给您看。现在正是关键时刻，所以，拜托您了。我吻您一下吧！”

老板娘笑了起来：“你可真是让我为难。中毒了我可不管哦。”她“嗵嗵”地拄着拐杖，从柜子里拿出药，“不能给你一整盒，你很快会用光的。给你一半吧。”

“真小气啊……唉，没办法啦！”回到家，我立刻注射了一支。

“不疼吗？”祝子战战兢兢地问我。

“疼是疼，可为了提高工作效率，这也是没办法的事。我最近精神一直都很好吧？好啦，工作啦！开工，开工！”我嚷着。

我还曾深夜敲开药店的门。老板娘睡眼惺忪地拄着拐杖“嗵嗵”地走来为我开门，我猛地抱住她，亲吻她，做出一副痛哭流涕的样子。

而老板娘则会默默递给我一盒药。

当我渐渐得知吗啡和烧酒一样，甚至比烧酒更危险、肮脏时，我早已成为一个货真价实的瘾君子。我可谓是无耻至极。为了得到吗啡，我又开始仿制春宫图，并与药店残疾老板娘发生了肮脏关系。

我想死，越发想死。一切已无法挽回，无论做什么都以失败告终，平添一笔耻辱而已。骑自行车去青叶看瀑布的愿望，于我而言已遥不可及。一切都只是肮脏罪孽的不断累积，苦恼的不断叠加而已。我想死，必须死，活着只会成为罪恶之源。类似的想法不断闪现，我仍旧近乎疯狂地往返于公寓和药店之间。

我越发拼命工作，吗啡的用量也随之增加，欠下的药费已高得离谱，老板娘见到我便哭，我也跟着流泪。

地狱。

还有逃离地狱的最后一招。若再失败，除了自杀我已别无选择。我把赌注全下在最后一张王牌上。我给家乡的父亲写了一封长信，将自己的实际状况和盘托出（我终究没有写和女人有关的事）。

没承想，结果更加糟糕。我焦急等待，家乡却杳无音讯。焦躁不安的情绪反而令我再次增大吗啡剂量。

那天，我决定在当晚一次性注射十支吗啡后投河。下午，比目鱼恶魔般的直觉仿佛嗅出点什么，他带着堀木出现在我面前。

“听说你咯血了?”

堀木大摇大摆地坐在我面前问话，脸上带着我未曾见过的温柔笑容。那笑容让我既感激，又高兴，我禁不住扭头哭泣。堀木的温柔微笑，彻底将我打败，将我葬送。

他们把我送上汽车。比目鱼平心静气地劝导我（他语气缓和，甚至可以用慈悲来形容），让我一定要住院治疗，剩下的事情尽管交给他们。我如同一个无行事能力的傻瓜，嘤嘤哭泣，唯唯诺诺地听从两人的安排。连同祝子，我们一行四人在车上颠簸多时，暮色降临，才终于到达森林深处的一家大医院门口。

我一直以为那是一所疗养院。

我接受了一位年轻医生极为温柔且细致的检查，检查结束，医生有些腼腆地笑着说道：

“那么，就先在这里静养一段时间吧。”

然后，比目鱼、堀木和祝子便把我一个人留在了医院。祝子走前将装有更换衣物的包裹递给我，接着又默默地从腰间掏出针管和我未用完的药物。原来她果真以为那是壮阳药。

“不，这个不要了。”

真难得！我生平首次主动拒绝别人递来的东西，竟是在这种时候。我的不幸，恰恰在于我缺乏拒绝的能力。我害怕一旦拒绝别人，便会在彼此心里留下永远无法愈合的裂痕。但那一刻，我竟无比自然地拒绝了曾让我几近疯狂的吗啡。或许是被祝子那“神圣的无知”打动了吧。哪怕只是一瞬，我也算是摆脱过毒瘾吧?

但随即，我就被那位带着腼腆笑容的年轻医生带到一栋病房中，“咔嚓”一声，大门紧锁。这是一家精神病院。

我当初服下安眠药被救醒后曾说“要去一个没有女人的地方”，这句愚蠢的呓语竟以如此奇妙的方式成真。住在这栋病房的精神病患者全是男性，连护士也是男性，没有一个女人。

如今的我连罪人都称不上，我是一个疯子。不，我绝没有疯。哪怕是一瞬间，我也没有疯过。可是，唉，哪个疯子会说自己是疯子的？可以说，被关进这座医院的人都是疯子，在医院外的，则都是正常人。

我向神发问:“不反抗何罪之有?”

望着堀木那美得不可思议的微笑，我泫然泪下。我忘记思考，忘记反抗，坐进汽车被带来这里，成了一名精神病患者。即使现在离开，我的额头上也已刻上疯子的印记，不，该是废人的印记。

我丧失了做人的资格。

不如说，我已不能被称之为人了。

来这里时，正值初夏时节，透过铁格子窗，能看到院里的小池塘中开着红色睡莲。三个月过去，波斯菊在院里绽开，意想不到的是，故乡的大哥带着比目鱼来看我，他依然是印象中那副认真而谨慎的样子，用略带紧张的口气对我说："父亲已于上月因胃溃疡过世，至于你的事情，大家已不计前嫌，今后你不必再为生计发愁，可以什么都不做。或许你对东京还有留恋，但你必须马上离开东京，到乡下疗养。你的胡作非为，涩田先生已差不多摆平了，不必记挂在心。"

故乡的山水浮现在眼前，于是我轻轻点头。

我完全成了一个废人。

父亲的死讯，让我越发窝囊。父亲已然不在。那份曾占据我心，眷恋般的恐惧已然消逝，我的心变得空空荡荡。这甚至让我怀疑，那盛载苦恼的器皿曾经之所以那么沉重，是因为父亲的缘故。父亲走后，我顿时泄气，连苦恼的能力也随之失去了。

大哥果真履行了他的承诺。从家乡乘汽车南下，四五个小时车程的地方，有一处东北地区罕有的温暖的海边温泉。村边有五间陈旧的茅屋，茅屋墙壁剥落，柱子已被虫蛀，几乎没有修葺过的痕迹。大哥为我买下这五间屋子，又为我请了一名年近六旬的女佣。女佣一头红发，长相丑陋。

三年期间，我数次被这位名唤阿铁的老女佣残忍侵犯，有时我们也像夫妇一样吵架。我的肺病时好时坏，人时胖时瘦，有时咳出血痰。昨天，我叫阿铁去买一盒卡尔莫钦，她在村里的药店买的卡尔莫钦却与以往的包装不同。我没太在意，谁知睡觉前吞了十颗药却无法像往常一样入睡，正觉蹊跷，肚里突然翻江倒海。我急忙跑进厕所，结果狂泻不止，之后又跑了三趟厕所。我心生疑窦，忍不住仔细看了看药盒，上面写着"海诺莫钦"，是种泻药。

我平躺下来，在肚子上放了热水袋，琢磨着该如何责怪阿铁。

“你给我看好了，这不是卡尔莫钦，这叫海诺莫钦！”

这么说着，我不由呵呵笑了起来。看来，“废人”大约是喜剧名词了。为求安眠反而服下泻药，而且这泻药的名字叫海诺莫钦。

如今的我，谈不上幸福，也谈不上不幸。

一切都会过去的。

在所谓“人世间”摸爬滚打至今，我唯一愿意视为真理的，就只有这一句话。

一切都会过去的。

今年，我将满二十七岁。白发骤添的我，在大部分人眼中，恍如年过四旬。

后记

我并不认识写下这三篇手札的疯子。不过，一位和我有些交情的人，倒是与手札中提到的京桥酒吧的老板娘很是神似。她个头不高，面色苍白，细长的眼睛向上挑，鼻梁高挺，与其说是个美人，不如说是位俊美的青年，给人一种硬朗的感觉。手札里描写的东京是昭和五、六、七年间的风貌，而我被朋友带着去过几次那间酒吧，喝着冰威士忌。但那已经是昭和十年前后的事了，当时日本的“军部”已经开始胡作非为。因此，我不可能见过写下这三篇手札的男人。

然而今年二月，我拜访了一位在千叶县船桥市躲避空难的朋友。他是我大学时代的所谓“学友”，现在在某女子大学任讲师一职。我此前曾托他为我的亲戚说媒，因此此次前去拜访，一则是去看望他，二则是想为家人购置一些新鲜海产，为此特地背着旅行包去了船桥市。

船桥是一个临海大城镇。朋友刚刚搬来，当地人大都不清楚他家的位置。天气寒冷，我背着旅行包的双肩疼痛不已。恰在那时，我被唱片传来的提琴声所吸引，推开了一家咖啡店的门。

咖啡店的老板娘十分面熟，一问才知道，她与十年前京桥那间小酒吧的老板娘是同一人。她似乎立刻想起了我，彼此都惊讶万分，相视而笑。我们并未依照当时的惯例询问对方遭到空袭的经历，而是颇为自豪地聊着：

“你还是老样子。”

“不，已经是个老太婆啦。身子骨不行啦。你还是那么年轻。”

“怎么可能，我都有三个孩子啦。今天也是为了孩子们出来买东西。”

我们像所有久未见面的朋友一样寒暄，继而打听彼此都熟识之人的近况。突然老板娘话锋一转，问我是否认识小叶这个人。我回答不认识。接着，老板娘便从屋里取来三本笔记和三张照片递给我。

“这些或许能作为你写作的素材。”

我并不习惯用别人硬塞给我的材料来写东西，本想当面拒绝，却被照片震撼（那三张照片的奇怪之处我已在序言中提过），于是决定代为保管这些物件，回去时再来这里坐坐。我问老板娘是否认识一位住在某街某号女子大学的某位老师。果然两人都是新搬来的，互相认识。据说我的朋友，就住在这附近，偶尔还会来咖啡店小坐。

那晚，我与朋友小酌后，在他家留宿。我一夜未睡，读完那三本笔记。

手札里写的故事虽时隔久远，但现在读来也颇有趣。与其用我拙劣的文笔改写，不如保持原样，把它们发表在杂志上。我以为，这种做法更有意义。

我带给孩子们的海产，净是一些干货。我背起旅行包向朋友辞行后，又走进那间咖啡店。

“昨天承蒙您的关照。今天我有个请求……”我开门见山道。

“这些笔记能不能借给我一段时间?”

“好啊，拿去吧。”

“写下这些的人，还活着吗?”

“嗯，这我也不是很清楚。大概十年前，这些笔记和照片被放在包裹里一起寄到了京桥的酒吧，寄件人肯定就是小叶，但包裹上没有他的住址，甚至连寄件人都没有。空袭时，这包裹和其他东西混在一起，不可思议地保留了下来。里面的内容，我也是最近才一口气读完……"

"您哭了吗?"

"没有。与其说哭……一个人要是成了那样，也就不行了。"

"那之后已过了十年，他或许已经不在了。这些东西应该是他送给您的礼物吧。虽然有的地方写得夸张了些，但您应该也吃了不少苦头吧。如果这些都是事实，换了我是这个人的朋友，我或许也会把他送到精神病院。"

"这都是他父亲的不是啊。"老板娘不知为何，说了这么一句。

"我们认识的小叶，个性率真、幽默风趣。只要不喝酒，不，就算喝了酒……也是个像神一样的好孩子。"

GOODBYE

变心

一

一位文坛大师辞世，告别仪式结束时，忽然下起了雨。一场早春的小雨。

两名男子同撑一把雨伞踏上返程。对于离世的大师，两人均是略尽情谊，此时谈论起女人的话题，开始肆无忌惮起来。五十岁上下，身着和服的高大男人是位文人；戴圆框眼镜，穿条纹西裤的英俊后生是位编辑。

“听说，”文人说道，“那家伙也喜欢玩女人。对了，看你憔悴成这样，是不是也该收收心了？”

“正想全部做个了断。”编辑红着脸答道。

编辑早前听闻这位文人口无遮拦，便一直有意敬而远之，然而今日因未备雨具，无奈，只好钻到文人的蛇眼伞[①]下，结果被他这么嘲弄一番。

他嘴上说全部了断，倒也并非全是敷衍。

不知不觉有些事情开始变了。战争结束已过去三年，总有些地方不同了。

三十有四的田岛周二，现任《方尖碑》杂志总编，口音略带关西腔，

---

① 蛇眼伞：伞面为红色或蓝色，中间有一白环，撑开后呈蛇眼状。

但很少提及自己的出身。他生性精明,《方尖碑》的编辑身份只是一个掩饰,私下他协助那些商人进行黑市交易,长久以来赚取了不菲暴利。但常言道,不义之财如流水,据说他嗜酒如命,包养了近十个情人。

但他并非单身。岂止不是单身,就连现任妻子也已是继室。前妻身患肺炎撒手人寰,留下一个智障女儿,之后他卖了东京的房子,战时疏散到埼玉县的朋友家中,其间与现任妻子结了婚。妻子自然是初婚,娘家是殷实的农户。

战争结束后,他将妻女托付给岳家,只身返京,在郊外租了一间公寓。不过,那里只是他睡觉的地方,平日里他总是四处奔波,挣了不少钱。

然而,三年过去,他的心境渐变。不知是因为世间发生了微妙的变化,还是因为纵欲过度导致他形容枯槁,不,不,或许只是因为上了年纪,心中思乡之情与日俱增,他不时感叹"色即是空",对酒也渐渐失去兴致,开始考虑买套小房,将妻女接来……

黑市交易的事,不如也就此收手,专心从事杂志编辑。关于那件事……

那件事,正是眼下的难题。首先,必须与女人们完美地分手。然而每思及此,即使精明如他,亦是徒唤奈何。

"全部了断……"年长的文人撇嘴苦笑,"听起来不错,不过,你到底有多少女人呐?"

二

田岛哭丧着脸,愈思忖,愈觉得凭一己之力,终究是无法善后。若能用金钱解决,那倒是不费吹灰之力,可他觉得女人们不会善罢甘休。

"现在想想,真如走火入魔般,荒唐之极,不知节制……"他忽然想向这位轻佻的中年文人和盘托出，征求意见。

“真想不到你说的这些事这么让人佩服。不过奇怪的是，多情的家伙总是惧怕那些令人厌烦的道德，而这又恰恰是吸引女人的地方。若是相貌英俊，年轻富有，再加上风度翩翩，那可就相当抢手。这也是理所当然的事情，即便你想了断，对方也不依吧。”

“确实如此。”他用手绢擦擦脸。

“现在可不是哭的时候。”

“没有，只是雨水模糊了镜片……”

“不对，我可听到了哭声。你可真是个出人意表的美男子。”

田岛虽说染指黑市交易，道德不良，但正如这位文人所言，尽管风流，却又对女人颇有情义，女人们也因此而安心依赖于他。

“你可有什么好的办法？”

“没有。不然你去外国待个五六年再回来吧。不过，现在想出国可不容易。不如干脆把所有女人叫到一起，让她们唱一首《萤之光》[①]，啊，不对，应该唱《敬仰您的尊贵》[②]，然后你再逐一给她们颁发毕业证书，之后便佯装疯癫，赤身露体奔出屋外。这样一来，女人们一定大为震惊，就此作罢。”

看来再谈下去也是徒劳。

“不好意思，我在这里搭电车……”

“不用这么急，走到下一站吧。毕竟这可是你的大事，一人计短两人计长嘛。”不巧文人此日极为空闲，不愿就此放过田岛。

① 《萤之光》：苏格兰民谣 Auld Lang Syne 的日语填词版，中国版即是家喻户晓的《友谊地久天长》。

② 《敬仰您的尊贵》：学生毕业时唱给老师的歌曲。日本的毕业仪式，在校生唱《萤之光》，毕业生唱《敬仰您的尊贵》。

“不用了，我还是自己想办法……”

“不，不，你一个人可解决不了。莫非，你已心生绝念？我可真要担心你了。因太受女人爱慕而寻死，这就不是悲剧，而是喜剧了。啊不，应该是滑稽剧。简直是滑天下之大稽，没人会同情你，你还是断了这念头比较好。嗯，我有一条妙计。你去找一个绝世美人，向她阐明内情，请她假扮妻室，然后带她遍访你的情人，肯定立竿见影，女人们均会知难而退。如何，试试看？”

溺水者的救命稻草。田岛不禁有些心动。

行动

一

田岛决心试试。但还有一难题。

绝世美人。若是绝世丑妇，在电车车站沿线走一站地，定能轻松发现三十个，而绝世美人，是否只存在于传说中？

田岛向来自命风流、爱慕虚荣，每每与姿色平庸的女子同行，便会谎称腹痛，避之唯恐不及，他现在的那些情人也全是美人，但没有一个堪称倾国倾城之姿。

那个雨日，轻佻的中年文人信口胡诌的“妙计”，竟荒唐般地撩动了他的心弦，而他自己又丝毫想不到更好的办法。

姑且一试。或许在人生的某个角落，真能巧遇绝世美人也未可知。镜片后的那双眼睛，不怀好意地滴溜溜转动起来。

舞厅、咖啡店，未有所获，满目尽是丑女。至于办公室、电影院、商场、工厂，反复思量，应该也无可能。他又去了女校垣墙外偷窥，前往某某小姐的选美会场，借参观之名混入影视新秀的选拔场，终究毫无所获。

猎物在返程途中出现。

彼时已是华灯初上，他已然绝望，兀自一脸愁容地走在新宿站后的黑市。他已无兴致去找那些情人，甚至一想起她们，便心生战栗，愈发坚定了分手的决心。

“田岛先生！”

冷不防背后传来一声高呼，惊得他心里一沉。

“你，你是哪位？”

“哎呀，讨厌。”

声音有如乌鸦般难听。

“啊？”

他于是重新审视对方，才发现真是看走了眼。

他认识这女人，她是个黑市商人，不，应当说是个行商。他与这女人只做过两三次不法交易，但女人的乌鸦嗓音以及惊人的蛮力，令他印象深刻。这女人身材瘦弱，却能轻松背起七十余斤的重物。她浑身一股鱼腥味，衣着邋遢，总是穿条劳动裤，套双橡胶靴，让人不知是男是女，如乞丐一般。衣着时尚的他，与这女人打完交道，总是连忙清洗双手。

一位意想不到的灰姑娘。眼前的她一袭洋装，分外高雅。身材苗条，腰肢纤细，看起来只有二十三四岁年纪，不，二十五六吧，面容楚楚可怜，如雨后梨花般清幽，当真高贵无比，堪称倾城美人，哪里还是那个轻松背起七十余斤的黑市商人。

美中不足的是她的声音，不过只要沉默不语便无妨。

可以用得上。

二

常言道，人靠衣装马靠鞍，尤其是女人，只需稍加装扮，便能彻头彻尾变个样。抑或，女人本身就是魔物。不过似这女人（名叫永井绢子）一般，能变换得如此漂亮的也是稀世少有。

“看来你攒了不少钱啊，这身打扮真是漂亮极了。”

“哎呀，讨厌。”

声音实在是难听。高贵感顷刻间荡然无存。

“有件事想拜托你。”

“你这小气鬼，又想讨价还价……”

“不，不是说生意的事。我已经打算收手了。你还在做行商？”

“当然啦，不做行商哪来的饭吃。”

她说的件件都是卑劣之事。

“不过，看你这身装束可不像。”

“毕竟是女人嘛，偶尔也会打扮打扮，去看场电影之类的。”

“今天是去看电影？”

“对，已经看完了。嗯，叫什么来着，《徒足旅行记》……”

“是《徒步旅行记》吧。你一个人？”

“哎呀，讨厌。你们男人真是好奇。”

“我早猜到了。对了，正好有件事拜托你。借用你一小时，不，半小时就够了，我们谈谈。”

“有好事？”

“总之对你没坏处。”

两人于是并排同行。擦肩而过的十人中，有八人扭头回望，但不是看田岛，而是看绢子。纵然是玉树临风的田岛，也不敌绢子的高贵气质，两人有如云泥之别。

田岛带着绢子来到一家熟识的黑餐馆。

“这里有什么招牌菜吗?”

“我想想，炸猪排似乎不错。”

“来一份吧，我饿了。还有什么吃的?”

“几乎应有尽有，你想吃什么?”

“想吃招牌菜。除了炸猪排没别的了?”

“这里的炸猪排分量很足哦。”

“你这人真小气，不够意思。我去里面问问。”

力大如牛，食量惊人，可她偏偏又是个绝顶的美人儿，绝不能错过。

田岛喝着威士忌,烦闷地看着绢子专心的吃相,将事情原委娓娓道出。绢子只顾吃个不停，也不知是否在听，似乎对他的提议无甚兴趣。

“你会帮我的吧?”

“白痴啊你。这也太不靠谱了。”

三

田岛未料对方如此直白，不禁有些畏缩。

“我也知道难办，所以才求你的。我现在真是骑虎难下啊。”

“何必搞那么多麻烦事呢，要是厌倦了，索性不再见面不就好了。”

“我可做不出这么无情的事。她们以后或许会结婚，或许会找新的情人，我必须让她们断了念想，这是身为男人的责任。”

“噗！什么责任呐。说什么分手的话，是在调情吧？真是一副色狼嘴脸。”

“喂,你再说这种话我可翻脸了。无礼也得有个限度吧。你就知道吃。”

“这有栗金团[①]吗。”

“还没吃够?你该不会是胃扩张吧，这可是病，你还是去看看医生吧。从刚才开始已经吃了那么多，好歹控制一下。”

“你真小气。女人吃这么多很平常啊。那些推说饱了，不肯多吃的千金小姐，怎么说呢，不过是为了保持身段而已。我嘛，再多都吃得下。”

“那也差不多了吧。这家店不便宜呀。你平时难道也吃这么多。”

“开什么玩笑，只有别人请客的时候才这样。”

“那么从今以后，我请你吃个够，只要你肯帮我这个忙。”

“但是，我总不能不做工吧，这样我就太吃亏了。”

“这部分我会另外补偿。按你以往的收入水平，我会一并补偿给你。”

“只要跟在你后面就行了吗?”

“基本上是这样，只是有两个条件。第一，在那些女人面前，请务必一言不发。拜托了，你可以笑，或者点头摇头都行。第二，不要在人前吃东西。只有我们两人时，随便你怎么吃，但是在其他人面前，希望你最多只喝一杯茶。”

“除此之外，你还要给我钱。你这家伙那么小气，又爱糊弄人，不会赖账吧?”

“放心。我这次非常认真。如果搞不定，我就完了。”

“要腹水一战。”

“腹水?笨蛋，是背水一战。”

“啊，是吗?”

---

① 白薯泥加栗子或豆的一种甜食。

她满不在乎。田岛心中愈发别扭起来。但她真的很美，有种超脱尘世的凛然气质。

炸猪排、炸鸡肉饼、金枪鱼刺身、墨鱼刺身、中国拉面、烤鳗鱼、什锦火锅、牛肉串烧、寿司拼盘、虾仁沙拉、草莓牛奶。

除此之外，她还想要栗金团？莫非所有女人都这么能吃，抑或是？

四

绢子的公寓在世田谷一带。她上午要做行商生意，下午两点之后才有空闲。田岛与她约定，一周一次，挑个彼此都合适的日子，电话联系见面地点，一同前往要分手的情人家。

数日后，两人开始行动，第一个要去的是日本桥某商场内的美容室。

前年冬天，追求时尚的田岛偶然间来到这间美容室，烫了次头发。这里的美发师叫青木，是位三十岁左右的战争遗孀。其实田岛并未勾引她，反而是她追的田岛。青木住在商场位于筑地的宿舍，每天来日本桥的店里上班，收入勉强够她独自生活。田岛时常贴补她一些生活费，他们的关系在筑地宿舍已是公开的秘密。

不过，田岛极少去青木工作的日本桥店。他认为，像自己这样出类拔萃的美男子在店里出入，必然会影响她的工作。

然而这次，他忽然偕同一位绝世美人出现在青木工作的店里。

“你好。”田岛故作疏远地寒暄道，“今天特地带内人来拜访。我从战时疏散地将她接来了。”

这便足矣。青木也是一位眉目清澈、肤白胜雪，而且聪慧贤良的大美人，但与绢子站到一起，立时相形见绌。

两位美人相视示意。青木露出卑微欲泣的神色，胜负之数已是不言而喻。

如前文所述，田岛对女人颇具情义，从未以单身欺骗对方，总是一开始便明确告知对方自己有妻女疏散在乡下。现在，妻子终于回到丈夫身边。而且，这位夫人还如此的年轻高贵，是极富涵养的绝世美人。

即便清丽如青木，也唯有黯然神伤。

“有劳你帮内人打理一下头发。”田岛不禁得意忘形，随即使出致命一击，“大家都说，无论银座还是哪里，再找不出像你一样手艺好的人了。”

这句话倒并非客套。青木的确是一位技艺精湛的美发师。

绢子对镜坐下。

青木替绢子围上白色的披巾，解开她的头发，眼中已是泪水泫然。

绢子若无其事。

相反，田岛离开了座位。

五

绢子的头发做好时，田岛又倏然进屋，将一叠一寸厚的纸币，轻轻放进美发师白色的上衣口袋，带着犹如祈祷般的心情，喃喃说道：

“Goodbye.”

这声音连他自己也深感意外，似安慰，又似赎罪，温柔而哀伤。

绢子默然起身。青木也同样沉默着，帮绢子整理好裙子。田岛先一步冲出门外。

啊，诀别真是痛苦。

绢子面无表情地从后面跟了上来。

“也不怎么样嘛。”

“你指什么?”

“烫发手艺。”

混蛋！田岛真想冲绢子怒吼，可现在还在商场里，只好暂且忍住。青木就绝不会说人坏话。她也不贪钱，还经常帮自己洗衣服。

“这样就成了?”

“对。”

田岛只觉得万分失落。

“为这点事就分手，那个人也真是没出息。她也算是美人吧。有那样的姿色……”

“别说了！什么那个人，少用这种无礼的称呼。她是个安分守己的人，跟你不一样。总之，求你安静点。你那副乌鸦嗓，听得我都快疯了。”

“哎呀哎呀，对不住啦。”

啊！粗俗至极。田岛几近发狂。

出于一种古怪的虚荣心，他每次与女人外出时，都会事先将钱包交给对方，全由对方支配，做出一副对钱财漠不关心的大方模样。不过迄今为止，还没有女人不经他同意便擅自购物。

然而这位小姐嘴里说着对不起，却满不在乎地做了这件事。商场里多的是各类高价货，她毫不犹豫地挑选着高档商品，而且全是令人惊叹的优雅之物。

“该适可而止了吧。”

“小气鬼。”

“你不是还要去吃东西吗?”

“对啊，今天就替你省省吧。”

“钱包还我。以后不准超过五千元。”

这一刻，虚荣心早见鬼去了。

“不会花那么多的。”

“明明花了。等下我查查剩下的钱就知道了，肯定花了一万元以上。上次那顿饭就不便宜。”

“那就一拍两散吧。你以为我喜欢跟着你到处走啊。”

这简直是威胁。

田岛一个劲儿地叹气。

蛮力

一

但田岛也绝非等闲之辈。在黑市交易方面，他一次便能轻松挣得数十万，堪称聪明绝顶之人。

对于绢子的浪费，他无法予以宽恕，这是性格使然。若不能从绢子身上得到相应的回报，他实在是愤懑难平。

混蛋！狂妄的家伙！一定要给她点教训。

分手行动稍后再说。必须先征服那家伙，将她调教成知书达理、朴素顺从，并且少食的女人，然后再继续行动。否则照这样下去，在金钱方面纠缠不清，行动也无法继续。

制胜的秘诀在于：不动声色地接近敌人。

他在电话号码簿上查到了绢子公寓的详细地址，打算买一瓶威士忌、两袋花生米登门拜访，肚子饿了就让绢子招待点什么，然后大口灌下威士忌，佯装醉酒赖在她家睡上一觉，之后便可拿回主动权了。最重要的是，这方法相当便宜，连房费都省了。

对女人一向自信满满的田岛，竟能想出如此蛮横无情、不知廉耻的计谋，显然已经大失方寸。或许真是被绢子的挥霍无度气得晕头转向了。虽然他已经能够节制色欲，然而世人妄执于金钱的本性，使得他只顾急着取回本钱，到头来却总是事与愿违。

田岛因过分憎恶绢子，想出这背离人性的卑劣伎俩，结果招致一场大祸。

傍晚时分，田岛找到了绢子在世田谷的公寓。这是一座木质结构的两层公寓，陈旧阴森。登上楼梯后迎面便是绢子的房间。

他敲敲门。

“谁啊？”

屋内传出熟悉的乌鸦声。

门打开了，他却大吃一惊，呆立原地。

杂乱。恶臭。

啊，荒凉。四块半榻榻米大小。榻榻米表层乌黑油亮，如波浪般高低不平，一丝包边的痕迹都找不到。房间里堆满了做行商生意的工具，什么石油罐、苹果箱、一升容量的瓶子、包袱裹着的什么东西、像鸟笼的东西、纸屑……又黏又滑地撒了一地，几乎没有落脚的空隙。

“什么呀，怎么是你。你怎么来了？”

还有绢子的衣服。那些乞丐服正如数年前她穿着的肮脏邋遢的劳动裤一般，让人难分性别。

墙壁上贴着一张无尽会社[①]的宣传海报，除此之外再看不到任何装饰性的东西。连窗帘都没有。这是二十五六岁的姑娘的房间吗？一盏小小的电灯微弱地亮着，荒凉至极。

① 无尽会社：相互信贷公司。加入者按期交款，经过一定时期抽签轮流支取使用。

二

“来找你玩。”与其说是惊讶，莫如说田岛已感到一阵恐惧，声音也变成绢子那样的乌鸦嗓，“不过，我下次再来也行。”

“你是有什么阴谋吧。你这人向来不愿多走一步路。”

“没有。今天，其实……”

“爽快点嘛。你就是太娘们气。”

可是这房间实在是触目惊心。

难道要在这里喝那瓶威士忌？啊，早知道就买更廉价的威士忌了。

“这不叫娘们气，这叫俊秀。我说，你今天穿得也太脏了吧。”

他到底还是极不痛快地说了出来。

“今天啊，背了很重的东西，有点累了，一直睡到现在。啊，对了，有好东西。进来再说怎么样？很便宜哦。”

听起来像是生意上的事。若是有生财门路，房间再脏也不成问题。田岛脱下鞋子，选了一块稍微说得过去的地方，合着外衣盘腿坐下。

“你们喝酒的人一定都喜欢乌鱼子吧？”

“嗯，很喜欢。你这里有？请我吃吧。”

“开什么玩笑。请付钱。”

绢子厚颜无耻地伸出右手摊在田岛眼前。

田岛厌烦地撇撇嘴：

“看看你做的这些事，真叫人觉得了无生趣。这只手，给我缩回去。什么乌鱼子，我不稀罕。那是马才吃的。”

“想让我便宜给你，妄想！很好吃哦，正宗的乌鱼子。别扭捏了，快给钱。”

她晃着身子，丝毫没有缩手的意思。

不幸的是，田岛实在是非常喜欢吃乌鱼子，喝威士忌的时候要是有它佐酒，那就别无所求了。

“那，给我来一点吧。”

田岛懊丧地在绢子的掌中放了三张大钞。

“还差四张。”

绢子平静地说道。

田岛倒抽一口凉气。

“混蛋！你适可而止吧。”

“小气鬼，你就大方点买下一整块嘛。难道你买干松鱼[①]也切开半边买？真是小气。”

“好，就来一整块。”

事已至此，娘们气的田岛也不由大怒。

“看着，一张，两张，三张，四张。行了吧。手给我缩回去。我真想看看什么样的父母能生出你这么不知廉耻的人。”

“我也想看看，然后狠揍他们一顿。扔下我不管，就算是根葱也会枯死的。”

“什么呀，谈身世太无聊了。借我个杯子，威士忌和乌鱼子的时刻到了。嗯，还有花生米。这个给你。”

---

① 干松鱼：干制的鲣鱼，是日本料理常用的调味品。

三

田岛一口气喝光了一大杯威士忌，原本打定主意上门让绢子请客，结果却被迫买下贵得离谱的所谓“正宗的”乌鱼子。而且，绢子毫不珍惜地转瞬便将整块乌鱼子切开，满满地堆在一只脏兮兮的大海碗里，跟着又胡乱撒了好些味精。

“吃吧。味精是附赠品，你不用不好意思。”

一下切出这么多乌鱼子，根本吃不完，还撒了味精，简直是胡来。田岛一脸悲痛。七张钞票，就算是给蜡烛烧掉，也没有这般心痛。真是彻头彻尾的浪费。毫无意义。

田岛欲哭无泪，从碗底捏起一片未沾到味精的乌鱼子放入口中。

“你自己做过饭吗？”

他现在连问话都战战兢兢。

“做是会做的。只是嫌麻烦不愿做而已。”

“洗衣服呢？”

“别把人当傻瓜。我嘛，相对说来，算是爱干净的人。”

“爱干净？”

田岛目瞪口呆地环顾这荒凉、散发恶臭的房间。

“这房间本来就很脏，我无从下手。再说我还要做生意，那些东西只能堆在屋子里。给你看看我的壁橱吧。”

她站起身，刷地打开壁橱。

田岛顿时瞪大了双眼。

纤尘不染，井然有序，恍惚间仿佛看见金光闪闪，闻见馥郁芳香。衣柜、镜台、皮箱，鞋柜上摆着三双小巧可爱的鞋子。这壁橱简直就是这位乌鸦嗓灰姑娘的秘密换装间。

随即，绢子又啪地关上壁橱，在离田岛稍远的位置随意坐下。

“梳妆打扮这回事，一星期弄上一次就足够了。我又不想招惹男人，平常穿成这样正合适。”

“可是，这条劳动裤，你不觉得太离谱了吗？很不卫生啊。”

“为什么？”

“很臭。”

“少装高雅啦。你不也一样，老是浑身酒气，难闻死了。”

“这么说我们是臭味相投了。”

随着酒意愈浓，这房间的荒凉光景，和绢子的乞丐装扮，他已不那么在意。于是他心头涌上恶念，想将最初的计谋付诸行动。

“不是冤家不聚头啊。”

他又说了一句笨拙的乖巧话。不过，男人在这种情况下，即便是些大人物、大学者，也会说出这样笨拙的话语，而且会出乎意料地奏效。

四

“能听见钢琴声呢。”

他开始装模作样起来，眯起眼睛，侧耳倾听远处的广播。

“你也懂音乐？看你一副五音不全的样子。”

“笨蛋，你居然不知道我通晓乐理。若是名曲，听一整天也不嫌闷。”

“那是什么曲子?”

“肖邦。”

他随口胡扯。

“是吗?我还以为是《越后狮子》呢。”

两位音乐白痴开始胡言乱语。田岛想着气氛还不够，于是迅速转换话题。

“不过，我想，你应该还是跟谁谈过恋爱的吧?”

“说什么胡话。我可不像你那么淫乱。”

“请注意一下用词!真是个粗俗的家伙。”

他忽然心生不快，又灌下几口威士忌，看来今天要半途而废了，但就此败退的话，有损自己美男之名，就算死缠烂打，也誓要成功。

“恋爱和淫乱，根本就是两码事。看起来，你真是一窍不通。我来教教你吧。”

他被自己的语气恶心得阵阵发寒。这样可不行。虽然时候尚早，还是装作烂醉，顺势躺下吧。

“啊，醉了。一定是空腹喝酒，醉得厉害。让我在这儿躺一会吧。”

“不行!”

乌鸦嗓变成了粗嗓门。

“少装蒜!早就看穿你了。要想住下，拿五十万，不，拿一百万来。”

全盘告负。

“你，至于这么生气吗。不过是喝醉了，在这里稍微……”

“不行，不行，请回去。”

绢子站起身，将门大大敞开。

田岛无奈之下，只好使出最拙劣难看的手段，想趁起身之际顺势抱住绢子。

“砰”的一声，面颊上结结实实地挨了一拳，他发出一声甚是诡异的惨叫。这一瞬间，田岛方才想起，能轻松背负七十余斤的绢子着实是力大如牛，不禁毛骨悚然。

“原谅我。抓小偷！”

他叫嚷着莫名其妙的内容，赤脚飞奔出走廊。

绢子安下心来，关上房门。

不久，门外传来声音。

“那个，我的鞋，不好意思……还有，要是有细绳什么的，也请给我一根吧，我的眼镜腿断了。”

在他的美男子历史上，还从未遭逢过这样的奇耻大辱。他感到出离愤怒了，但还是用绢子给的红色布条绑在眼镜上，将布条挂上双耳。

“谢谢！”

他赌气般地怒吼一句，步下楼梯，中途踩空了台阶，又发出一声惨叫。

冷战

一

然而，田岛很心疼投资在永井绢子身上的本钱，他还从未做过这样的赔本买卖，一定要想尽办法利用她，有效地利用她，用个够本。但是，那个力大如牛的家伙，那个食量惊人的家伙，那个贪得无厌的家伙……

天气转暖，各式花儿都竞相绽放，唯有田岛仍是愁眉苦脸。距离那个大败之夜，已过去四五日，眼镜换了新的，脸上的淤肿也已消退，姑且先给绢子打个电话，他打算展开一场思想之战。

“喂，我是田岛。上次醉得实在太离谱了，啊哈哈哈哈。”

“女人独自生活难免遇到各种事，我不会放在心上。”

“不，我之后也仔细考虑过，结果呢……你说，我想跟情人们分手，买套小房子，把妻女从乡下接来，一家团聚，这件事在道德层面上来说，是不是坏事啊？”

“你说的这些话真叫人摸不着头脑。不过，男人只要钱一多，就会开始计较这些小气的事情吧。”

“那也就是说，是坏事了？”

“倒也不算坏得透顶。你似乎是存了不少钱啊？”

“别老是谈钱……你试着从道德上，也就是说，从思想上，看这个问题，你怎么想?”

“我干吗要想，这是你的事。”

“这倒是，确实如此。不过我嘛，觉得这是件好事。”

“那不就得了？我要挂电话了。这种无聊的话题，真是讨厌。”

“可是，这对我来说，真的是生死攸关的大问题。我始终觉得，还是应该尊重道德。帮帮我，求你帮帮我，我想做好事。”

“古里古怪的。你是不是又想装酒疯，耍些愚蠢的花招啊。恕不奉陪了。”

“我绝没有戏弄你。毕竟人性本善。”

“你没有别的事的话，我要挂电话了。刚才我就想尿尿了，一直憋着呢。”

“等一下，稍等。一天三千元怎么样?”

思想之战瞬间转为金钱之战。

“包吃吗?”

“不，这点，就请你帮帮忙吧。我最近的收入也不多。”

“没有一万元，免谈。”

“那，五千元。就这样吧。这可是关乎道德的问题啊。”

“快憋不住了。你就饶了我吧。”

“五千元，拜托了。”

“白痴啊，你真是。”

随即传来咯咯的笑声。似乎是答应了。

二

事已至此，总之要最大限度地利用绢子，除了一天五千元之外，一片面包一杯水也不能便宜她，如果不痛下狠心用个够本，那就亏大了。心软是首要禁忌，否则会招来灭顶之灾。

虽然挨了绢子一拳，发出那么离奇的惨叫，但是却让田岛发现了反过来利用那股蛮力的方法。

他的那些情人之中，有一个名叫水原惠子的油画家，还不到三十岁，画技不算出色。水原在田园调布[①]租了两间公寓房，一间做起居室，一间做画室。当时，她拿着某位画家的介绍信，请求田岛让她做《方尖碑》的插画工作。田岛看见她面泛红晕，局促不安的神情，觉得煞是可爱，便开始略微资助她的生计。她举止温和，沉默寡言，此外，十分爱哭。但她绝不会不顾仪态大哭大闹，而是如同小女孩一般嘤嘤啜泣，反而惹人怜惜。

但是，有一个非常大的麻烦。她有一个哥哥，曾在满洲军队待过很长时间，从小便是个粗暴之人，因而锻炼出体格强健的魁梧身形。田岛初次听惠子提起她哥哥时，就心生不悦。毕竟，恋人的哥哥是个军曹或者伍长之类的，自浮士德的时代以来，就是对美男子非常不吉利的存在。

她哥哥最近从西伯利亚地区撤了回来，似乎眼下正住在惠子那里，预备东山再起。

田岛不愿意同她哥哥照面，想打电话把惠子约出来，但是不太妙。

“我是惠子的哥哥。”

这男人的声音听起来强而有力。他果然在。

“我是杂志社的，想找水原老师，谈谈插画的事……”

---

① 田园调布：地名，横跨东京大田区北部及世田谷区西南部。

尾音有些不自禁地颤抖。

“不行。她感冒了正在休息。工作的事得缓一缓。”

真不走运。想约惠子出门，看来是不可能了。

然而，一味地惧怕她哥哥，把与惠子分手的事无限期拖下去，这对惠子而言，也不够尊重。况且，惠子卧病在床，加上被撤回的哥哥寄住在她家，相信正缺钱用。反过来看，或许现在正是最佳时机。对病人说些体贴的慰问语，然后即时送上钱财。她当兵的哥哥也总不至于拳脚相加吧。说不定，还会比惠子更加感动，要和自己握手呢。若是万一，他想要动武……到那时，只要躲到力大如牛的永井绢子背后就成。

这真是百分之百的利用，有效利用。

“记住了吗？想来应该没问题，只是那里有个粗暴的男人，要是他挥拳相向，就请你轻轻地制伏他。那个家伙，看起来很弱。”

他用非常客气的言语对绢子说道。

——未完

维庸之妻

一

深夜，玄关处传来一阵慌乱的开门声。我蓦然惊醒，随即意识到必是喝得烂醉的丈夫回来了，我没理会，默不做声地继续睡去。

丈夫打开隔壁房间的电灯，一面狂乱地喘着粗气，一面翻箱倒柜，似乎在寻找着什么。不久，只听一声像是重重地坐在榻榻米上的声音，之后就只剩下呼哧呼哧的喘息声了。他到底在干吗？我没有起身，躺着说道："您回来啦。吃过饭了吗？碗橱里还有饭团。"

"不用了，谢谢。"他一反常态，温柔地回答我，跟着又问道，"儿子怎么样了，还发烧吗?"

这种问话着实少有。儿子明年就满四岁了，不知是营养不良，还是丈夫酗酒的影响，抑或是其他原因，他比那些两岁的孩子还要瘦小，不但路走不稳，就连话也说不清，只会咿咿呀呀地吐出一些简单的词语，我甚至担心他的脑子是否有问题。有次我带孩子去澡堂，当抱起光着身子的孩子，看到他孱弱丑陋的身体，顿时心如刀割，禁不住在众多浴客面前哭了出来。此外，孩子一年到头不是拉肚子就是发烧，丈夫又极少在家，也不知他心里是如何看待孩子的。每次我告诉他儿子发烧，他却总是轻描淡写："是吗，那你带他去看医生不就行了?"说话间又匆忙披上斗篷出门去了。我何尝不想带孩子去看医生，可是家徒四壁，哪来的钱？我只能躺在孩子身边，默默地抚摸他的头，别无他法。

然而这晚，不知为何，丈夫如此温柔，竟关心起孩子的病情来。我没有丝毫喜悦之情，反而心生一股不祥的预感，只觉脊背发凉，不知如何作答。屋里一时只闻丈夫剧烈的喘息声。沉默持续良久，忽地，门外传来女人微细的声音："有人在家吗？"

我仿佛被兜头浇了一盆凉水，浑身一凛。

"您在家吗，大谷先生？"这次她稍微加重了语气，同时传来了开门的声音。

"大谷先生！我知道您在的。"话音中已带着明显的怒意。

听动静，丈夫总算去了玄关，"什么事？"他似乎很不安，语气生硬地答道。

"还能有什么事？"女人压低声音说道，"看起来你也是有家有室的人，何苦要做盗窃之事？请别再开这种恶意的玩笑，快把那东西还给我。否则，我马上去报警。"

"你在胡说什么！你少在这儿侮辱人。这不是你们该来的地方，马上离开！你们若是不走的话，我才要去告你们呢。"

这时，另一个男人的声音响起：

"老师，真是好胆魄啊。说什么不是我们能来的地方，真是唬得我话都说不出来啦。这事可不比其他，你这是盗窃钱财，开玩笑也得有个限度吧。时至如今，你知道我们夫妻俩为你吃了多少苦头吗？非但如此，你今晚还做出这种不知廉耻之事。老师，我可真是看错你了啊。"

"你们这是敲诈！"丈夫高声叱喝，声音却不自禁地颤抖，"是恐吓！马上离开！你们若是有什么不满，明天再说。"

"你可真会虚张声势啊，老师，俨然一个彻头彻尾的无赖。如此看来，我们除了报警别无他法了。”

“悉听尊便!”丈夫激动得声音都变了，却越发听出他的心虚。

我起身在睡衣外面披了件外套，走到玄关，对两位客人说道:“欢迎光临寒舍。”

“呀，这是夫人吗?”

男人穿着一件及膝的短大衣，五十岁出头，一张圆脸毫无笑容，向我微微点头示意。

女人则是四十岁上下，身材纤细，衣着整洁。

“深夜造访失礼了。”女人亦是同样的面无表情，解下披肩，对我还礼。

这时，丈夫突然穿上木屐向外逃跑。

“嘿，这可不行!”

男人一把抓住丈夫的一只手，两人随即纠缠起来。

“放手！刀子可不长眼!”

丈夫右手中的折叠刀闪着寒光。那把刀是丈夫的珍藏之物，一直收在书桌抽屉里。刚才丈夫回到家中就一通翻找，想必是早已料到会发生接下来的事，才会事先找出刀子藏在怀中。

男人不禁后退几步，丈夫趁机逃脱，如同巨大的乌鸦般，挥舞着斗篷的短袖，冲进黑夜中。

“强盗!”男人大喝一声，欲追将上去。我忙赤脚跑出门外，拖住他:“求您消消气。你们两位无论谁受伤都不好。请您将剩下的交给我处理吧。”

听我如此一说，旁边那位四十岁的女人也说道:“是啊，老公。那人现在发了狂，手上又拿着刀，不知道做出什么事来。”

“混蛋！报警吧！我绝饶不了他。”男人呆呆地望着漆黑的外面，自言自语般喃喃道。他全身的力量已经松懈。

“实在是抱歉。请进来,把事情经过告诉我。”我回到玄关蹲下身,“我也许能代为善后。请进屋再说吧，虽然地方简陋。”

两位客人对视之后微微点头，随后男人整了整衣服:“无论您说什么，我们的心意已决。不过，我们会将事情的原委告诉夫人。”

“好的，请进。坐下来慢慢说。”

“不，其实我们也没太多时间。”男人一边说着，一边准备脱下外套。

“不用了，请您就这样进来吧。屋里挺冷的，真的，请您穿着外套吧。因为家里一件取暖用具都没有。”

“那我们就失礼了。”

“请。这位太太也穿着外套进来吧。”

男人走在前面，女人跟随其后，一起进了我丈夫那间六块榻榻米大的房间。开始霉变的榻榻米、残破不堪的纸窗、斑驳的墙壁、纸面脱落露出骨架的推拉门、角落里摆着书桌和书橱，而书橱空空如也。见到如此惨淡的光景，两位客人也不禁倒抽一口冷气。

我将破旧得露出棉絮的坐垫推给他们:“榻榻米太脏了，请两位屈就一下，坐这上面吧。”随后我再次寒暄，“初次见面。我丈夫一直以来似乎给两位添了很多麻烦，而且今晚也不知何故，竟做出如此骇人之事，我真不知该如何致歉才好。无论如何，像他那样喜怒无常的人……”话到一半，一时语塞，落下泪来。

“夫人，请恕我冒昧相问，您今年贵庚?”男人毫不介意坐垫的残旧，大大咧咧地盘腿坐在上面，手肘抵住膝盖，拳头撑着下巴，向前倾着上身，对我问道。

“请问，您是指我吗？”

“是的。您丈夫应该是三十岁吧？”

“是，我……比他小四岁。”

“那也就是，二十六岁。他可真是太过分了。您还这么年轻啊。不过，想来也是，丈夫三十岁的话，确实也理应如此。只是，您实在是令人吃惊。”

“我先前也是。”女人从男人身后探出头来，“太不可思议了。有这样一位贤淑的太太相伴，何以大谷先生会如此不堪呢，是吧？”

“病了，一定是病了。以前还没那么过分，可是近来情况却越来越糟。”男人说完，深深地叹了口气。

“是这样的，夫人。”他一改语气，步入正题。

“我们夫妻俩在中野站附近经营着一家小餐馆，我们都是上州[①]出身。您别看我现在是个正正经经的生意人，以前却是相当的不务正业，也不屑在乡下跟农民做些锱铢必较的小买卖。

“大约二十年前，我带着老婆来了东京。最初我们在浅草的一家餐馆里做伙计，同所有人一样几经辗转辛劳，渐渐有了点积蓄。昭和十一年，我们在中野站附近租了现在的那间小房子，只有六块榻榻米大，外带一小块泥地，不瞒您说真是个狭窄邋遢的小地方。虽然餐馆开业了，但招待的都是些每顿只肯花一两元的客人，我们心里实在是没底。尽管如此，我们夫妻俩仍想着勤俭节约，踏踏实实地开好这家店。靠着勤俭节约，我们得以有余钱进到较多的烧酒和杜松子酒。那之后酒类供应开始短缺，其他的餐馆都被迫转行或是停业，但是我们家好歹把这生意坚持了下来。当然，熟客们也十分仗义，甚至有人通过关系，将某位军官的酒肴分了

① 上州：又称上野国，日本旧时的行政划分。其领域大致等同于现在的群马县，但不包括桐生川以东的区域。

少许给我们。

“太平洋战争爆发后，空袭越渐频繁。我们既没有孩子拖累，也不愿回乡避难，于是打算经营到房子被烧毁为止，一直坚守着这盘生意，最后总算是平安无事地挨到战争结束，大家都松了口气。现在我们公开地从黑市进酒来卖。总之，我们就这样挨了过来。我这般长话短说，兴许会让您觉得我们并未遭遇大风大浪，反而一路颇有些运气吧。但事实上，人生如地狱，正所谓福无双至祸不单行，当真就是这个理。每迎来一件好事，便会有成倍的坏事降临。一年三百六十五天，无忧无虑的日子能有一天，啊不，半天的话，那就算走运了。

“您的丈夫大谷先生第一次来我们店里，是昭和十九年的春天。那个时候日本在太平洋战争中的形势还没那么严峻，不，也许那时便已经走向败局了吧。反正我们对这些事情的所谓实质或真相一概不知，都以为只要再坚持两三年，至少能跟同盟国以平等的身份议和。大谷先生初次来店里时，我记得应该是穿着久留米织造[1]的便装，披着斗篷。不过，不只是大谷先生，那时候即便是东京街上也很少有穿防空服的人，大部分人仍是穿着平时的装束放心外出。所以，我们也没有觉得他的着装不整或是别的不妥。当时，大谷先生并非独自一人，虽然是当着夫人的面，罢了，我还是不再隐瞒，实话跟您说吧，您丈夫是由一位三十多岁的女人领着从后门悄悄进来的。

“那段时期，临街的正门都是关闭的，用当时的流行语说叫闭门营业，只有极少数的熟客懂得悄悄从后门进来。他们也不会坐在泥地的椅子上喝酒，而是在铺着榻榻米的房间里，不开电灯也不喧哗，静静地喝到醉。

① 久留米织造：福冈县久留米市一种特殊的织品。

这是那个时期的规矩。说起那个女人，她先前在新宿的酒吧里做女招待，总是带一些大方的客人来我们店里喝酒，那些客人慢慢成为店里的熟客，这就是所谓的各行有各道，算是互惠互利吧。那女人的公寓就在附近，新宿的酒馆关闭之后她不再做女招待，但仍时常带相识的男人过来。那时候我们店里的存货也日渐减少，即便是再爽快的客人，增加一个酒客对我们来说可不是件高兴事，反而是件麻烦事。只是，那之前的四五年间，她带了许多出手阔绰的客人来光顾，算是于我们有恩，对她介绍来的客人，我们都尽量好好招待。

“所以您丈夫那时候被小秋带着从后门悄悄进来，哦，小秋就是那个女人，我们也毫不奇怪，依旧把他们请进里面的房间，奉上烧酒。那晚，大谷先生规矩地喝酒，账是小秋付的，最后两人又一同从后门离去。不知为何，那晚大谷先生沉静文雅的举止给我留下很深的印象。魔鬼初次现身，会表现得那般纯真而安详吗？从那晚开始，我们的小店就被大谷先生盯上了。

“十天后，大谷先生独自从后门进来，一下掏出一张百元纸币。哎呀，那个时候一百元可是笔大数目，比现在的两三千元还值钱。他将钱硬塞到我手里，说拜托我了，然后怯懦地笑笑。当时，我看他的样子已经喝了不少，想必夫人您也该知晓，他的酒量真是无人能及。有时我们以为他醉了，可他又突然一本正经地说出条理清晰的话来。而且他即使喝得再多，也从未醉得走路摇晃。虽说三十岁左右正值血气方刚，正是能喝酒的时候，可是酒量好到他那个程度的着实少见。那晚也是，尽管已在别处喝了不少，他仍在我们店里接连喝了十杯烧酒，自始至终都沉默寡语，我们夫妻俩与他攀谈，他也只是腼腆浅笑，或含糊不清地附和两声。

突然间，他站起身来询问时间，我忙将剩下的零钱找给他，他却答称不用。我加重语气说道：‘您这样让我们很为难。’他这才笑道，那就预存在这里，他下次再来。说完就离开了。

“夫人，自始至终，我们从他手里拿到钱真是仅此一次。从那之后，他就想尽办法骗吃骗喝。三年时间里，他一分钱都没付过，我们的酒却几乎全叫他一人喝光了，太荒谬了！”

听到这里，我竟不自觉地笑了出来。没来由地，忽然间觉得可笑。我慌忙掩嘴，望向老板娘，只见她也低头笑着。随后，老板也露出一丝无可奈何的苦笑。

“唉，真是的，明明不是什么好笑的事情，可确实太过离谱，自己也忍不住想笑。说实在的，他若是能把这般厉害的能力用到正途上，当个大臣或是博士，都不在话下。不单是我们夫妻俩，据说被那人缠上骗光家财，在这冰天雪地里哭的人可不少。就说小秋吧，和大谷先生结识后不久，她原先那个不错的靠山也跑了，她自己的钱与和服也不见了，眼下正住在大杂院的一间脏屋子里过着乞丐般的生活。小秋刚认识大谷先生的时候，简直近乎无耻地向我们胡乱吹嘘。她说大谷先生的身份尊贵，是四国某位大名的分支，大谷男爵的次子，因为品行不端被赶出了家门，不过一旦他的男爵父亲去世，他就能与兄长平分家产。其次，大谷先生本身智商极高，堪称天才，二十一岁的时候就写了书，比石川啄木那位大天才写得还要出色，之后陆续又写了十余本书，年纪轻轻俨然已是日本第一大诗人。此外，他还是位大学者，从学习院高等科进入了第一高等学校，再升入帝国大学，既会德语又会法语还会什么的，哎呀，总之被小秋吹得天花乱坠，恍若神人。她所说的，倒也并非全无根据。我们向旁人打听过，也都说大谷先生是男爵的次子，是有名的诗人。这下可好，就连我家这老婆子，都一把年纪了，也跟小秋争起风来，说什么出身名门就是不同，一脸期盼大谷先生驾临的狼狈相，真叫人难以忍受。

“现在说起那些名门望族，和平民百姓也没什么区别。可直到战争结束前，提到追求女人的手段，不外乎就是扮演被逐出家门的豪门少爷。奇怪的是，女人还就吃这一套。这还真是，用现在流行的那个词说，就是叫做奴性的东西吧。当着夫人的面这么说可能有些失礼，像我这种人，大家都会说什么老奸巨猾，而这位堪堪称得上望族的所谓四国大名的分支，还是次子，与我等又有什么地位上的差别呢，我断不会去做那种谄媚逢迎之事。可话虽如此，不知为何我就是拿那位老师没办法。每次下定决心无论他如何哀求也决不再让他蹭酒，然而每次见到他好像被人追命一样突然而至，到了我们店里就一副安心的模样，刚下定的决心便再次动摇，忍不住又拿酒给他。其实他喝醉了也从不胡闹，若是能如期清账的话，还真是一位好客人。他从不吹嘘自己身份高贵，也不以天才之类的无聊身份自居，每次小秋那家伙在老师身旁向我们鼓吹他的伟大，他就突然岔开话题，说他只是想要钱，想要结清这里的账，一句话就冷了她的场。

“大谷先生虽从未付过欠我们的酒钱，不过小秋却时常代付。除此之外，还有一位似乎不好让小秋知道的神秘女人，那女人似是哪家的夫人，跟大谷先生来过几次，也曾帮大谷先生付过不菲的金额。我们说到底也是商人，若非有人垫付，不管是大谷先生还是王公贵族，也没有让他一直白吃白喝的道理。尽管时不时地有人替他付钱，然而毕竟长贫难顾，我们已经蚀了大本。后来听说老师家在小金井，并且已有妻室，就想登门拜访商谈一下账款之事。我们曾向大谷先生委婉地打听府上地址，岂料他立时察觉，反而说‘我没钱就是没钱，何苦如此计较呢，闹翻脸吃亏的是你们……’诸如此类难听的话。尽管如此，我们还是想至少要找到老师的家在哪里吧，于是跟踪过他两三次，不过每次都被他巧妙地摆脱了。

“那之后，东京开始频繁遭受大空袭，有次大谷先生竟然戴着军帽闯进来，自顾自地从橱柜中取出白兰地之类的酒，站着大口喝完后，又一阵风似的离开。别说付钱了，连句话都没有。终于熬到战争结束，我们便公开从黑市进了酒肴，又在店门口挂出新的招牌布帘，顶着困难把门面做足，为了招揽顾客还雇用了一名年轻女孩。那位魔鬼老师也再次现身，但并非带着女人，而是每次都跟两三名报刊记者一同前来。用那些记者的话来说，就是军人的时代注定要过去了，反倒是以前挨穷的诗人将更受追捧。大谷先生跟那些记者高谈阔论，尽说洋人名字，又讲英语，又谈哲学，全是些莫名其妙的内容。记者们正一头雾水，他便忽然起身离开，再不复返。记者们等得兴味索然，嘟哝着‘那家伙到底去哪了，我们也差不多该回去了吧’，便开始准备离开。我忙说：‘诸位请稍等，老师总是以这招遁逃，所以账还得由你们来结。’有时候那些人会老老实实地凑了钱结账离开，也有时，他们会怒气冲冲地说：‘找大谷付钱去，我们可就靠着五百元过活。’这时候我也只能答道：‘话虽如此，您知道大谷先生至今为止赊了多少账吗，若是诸位能从大谷先生手里讨回债款，不论多少，我都将其中的一半送与诸位。’记者们闻言都一脸惊愕：‘什么啊，没想到大谷竟然是这么卑劣的家伙，今后再也不同他喝酒了，我们今晚带的钱还不足百元，明天再给送过来吧，先将这个押在这里吧。’随后豪爽地脱下外套或是取出别的东西。

“世人都说记者品行低劣，可与大谷先生比起来，却不知正直坦率了多少。大谷先生若是男爵的次子，那记者们便称得上是公爵统领了。战争结束后，大谷先生的酒量见长，面貌也渐趋凶恶，还会随口说出一些以前从来不说的下流笑话，有时甚至会突然出手殴打与他同来的记者，然后双方扭打成一团。就连我们店里雇来的那个还不到二十岁的女孩子，也不知什么时候给他骗到了手，真是把我们吓得半死，愁得手足无措，可无奈米已成炊，我们也只好忍气吞声，苦心劝说那女孩与他断绝联系，悄悄将她送回亲戚身边。

"我向大谷先生请求，前事既往不咎，只求您以后别再来了。他竟语带威胁地说：'你这种赚黑心钱的人也配这么说话？你们的事我可什么都知道。'翌日晚，他照旧若无其事地光临本店。想来是因为我们在战时还暗地里做着买卖，作为惩罚，我们才不得不忍受这个魔鬼。然而他今晚竟然犯下这种恶行，不管他是诗人也好老师也罢，他如今只是盗贼，他可偷走了我们五千元钱哪。平日我们进货需要钱，店里充其量只有五百、一千元的现金，不瞒您说，我们右手收进来的营业款，左手马上就拿去进货。今晚我们店里之所以会有五千元这么大一笔钱，是因为眼看年关已近，我便去几个老主顾家里收账，好容易才收到这个数目。这笔钱相当重要，若不能即时用来进货，到明年正月我们的生意就做不下去了。我老婆在里间点算清楚之后，就将这笔钱放进柜子抽屉里。那人原本独自在泥地的椅子上喝酒，似是看到了这一幕，忽然起身冲进里间，一言不发地推开我老婆，拉开抽屉，一把抓起那叠五千元钞票塞进斗篷口袋里，我们还没回过神来，他就飞快地冲出店外逃走了。我一边高喊，一边和老婆在后追赶。我也曾想，既然事已至此，不如高呼抓小偷，引来行人一同制伏他。可转念一想，大谷先生怎么说也算是熟人，那样做未免也太不留情面。于是我们决定今晚无论如何一定要跟紧大谷先生，找到他的落脚点，和他好好谈谈，请他退还那笔钱。我们只是做生意的一般人，夫妻合力才总算找到贵府，强忍怒火，好声好气地请他归还钱财，未承想，他竟然掏出刀子扬言要动武，真是岂有此理。”

不知为何，我再次感到强烈的笑意，终于忍不住笑出声来。老板娘也红着面浅笑着。我抑制不住一直笑着，虽自知对老板很是失礼，却仍是觉得莫名地可笑，笑得无法停止，直至流下眼泪。我忽然想到，丈夫在诗中所写的“文明的结果是滑稽”，说的也许就是这种心情吧。

二

无论如何，此事并非仅凭大笑便能解决。我稍加思索后，向那两位说道:“这件事我会尽力给你们一个交代，至于报警的事恳请再推后一日，明日我会亲自上门拜访。”我询问了他们家店铺在中野的详细位置，勉强征得两位的同意后，请他们暂且先回去。随后，我独自坐在房间里苦思解决办法，却没有丝毫头绪。我起身脱掉外套，钻进孩子的被窝，轻轻抚摸孩子的额头，真希望永远停留在这一刻，黎明永远不要到来。

我的父亲以前在浅草公园的葫芦池畔摆一个关东煮小摊。母亲过世得早，我与父亲相依为命住在大杂院里，小摊也是两人一起照看。那时，我现在的丈夫时不时会来光顾，后来我便瞒着父亲与他私会，直到有了身孕才被迫公开。几番吵闹折腾过后，我总算成了他名义上的妻子，当然既没有登记也没有仪式，孩子也成了私生子。他每次一出门就是三四天不回家，有时候甚至整月不归，不知他究竟在哪做了何事，每次回家都是酩酊烂醉，面色惨白，状似艰难地喘着粗气，一言不发地看着我的脸，随后竟扑簌落泪。有时会突然钻进我的被窝，身体瑟瑟发抖，紧紧抱住我说："啊，我不行了。我好怕，我好怕啊。太可怕了！救救我！"即使睡着，他也总是说梦话、呻吟。次日清晨，他整个人如同失魂落魄一般，精神恍惚。可一转眼，他便又不见踪影，随后照例数日不归。丈夫有两三位相识已久的出版社的朋友，承蒙他们体恤，不时接济一二，我和儿子才不至于饿死。

我迷迷糊糊地睡着了，再一睁眼时，清晨的阳光已透过木板套窗斜射进来。我起身将一切打点妥当，然后背着儿子出门。我实在无法再默不做声地待在家里了。

我漫无目的地向车站走去，在站前的露天摊买了块糖果给儿子吃，之后心念一动，我便买了一张到吉祥寺的票，上了电车。我抓着吊环，漫不经心地看着电车天花板上垂下来的海报，忽然发现了丈夫的名字。那是某杂志的广告，丈夫在那本杂志上发表了一篇题为《弗朗索瓦·维庸》的长篇论文。我注视着弗朗索瓦·维庸这个标题和丈夫的名字，不知为何，心酸的泪水夺眶而出，那海报也模糊在氤氲泪眼中。

在吉祥寺下车之后，我背着儿子去了井之头公园。时隔多年再次故地重游，池边的杉树已被砍伐殆尽，只剩一片等待施工的空地，看似颇为悲凉。记忆中的光景已全然改变。

我把儿子从背上放下，两人在池边一张破旧的长椅上并排坐了下来，我拿出从家里带来的山芋喂给儿子吃。

"儿子，你看多漂亮的池塘呀。以前啊，这个池塘里有好多好多的小鲤鱼和小金鱼呢，可是现在，什么都没有了，真无趣啊。"

儿子不知在想些什么，小嘴里含满了山芋还未咽下，就兀自咯咯地笑了起来。虽是自己的孩子，可我仍觉得儿子是否太过愚钝。

在池边的长椅一直坐着也于事无补，我又背起儿子，慢慢返回吉祥寺车站，逛了几圈热闹的露天街市之后，在车站买了张去中野的车票。我心里既无思量也无计划，只是如同被恐怖的魔鬼深渊吸入一般上了电车。行至中野站，我下车按照昨晚店主所授的路线，步行到了他们的小餐馆门前。

店铺正门紧闭，于是我绕到屋后从侧门进去。老板不在家，只见老板娘一人在打扫。与老板娘照面的瞬间，我竟脱口而出地撒了谎：

“大婶，那笔钱我应该能如数归还。不是今晚就是明天，总之我有把握凑齐，请您不必担心。”

“哟，是吗？那太感谢了！”老板娘面露喜色，但眉宇间仍可见一丝不安。

“大婶，是真的，确实会有人替我送钱过来。在那之前，我会一直待在这里做人质。这样您应该放心了吧？在钱送到之前，请让我在贵店帮忙吧。”

我把儿子从背上放下，让他独自在里间玩耍，随后我便手脚利落地干起活来。儿子早已习惯了独自玩耍，不会打扰我做事。或许是脑子不好的缘故，他也从不认生，还冲着老板娘笑。我代老板娘去取他们家的配给物资，不在店里的时候，儿子也乖乖地待在里间的角落，摆弄着老板娘给的美国罐头的空罐子。

中午时分，老板进了些鱼和蔬菜回来。我一见到老板，立刻又说了一遍同样的谎言。

未承想，老板闻后神情一愣，用平静却略带教训的口吻说道："这样啊，不过，夫人，钱这东西，只要还没到自己手里，都是靠不住的呀。"

"不，您听我说，这是千真万确的。所以请您相信我，今天之内先不要报警。在那之前，我会一直在店里帮忙的。"

"只要能还钱，那就万事大吉了。"老板似是自言自语道，"不管怎样，今年只剩下五六天了。"

"是的，正因为如此，我才……哎呀，来客人了啊。欢迎光临。"话到一半，店里进来三位工匠模样的客人，我连忙笑脸相迎，随后向老板娘小声道，"大婶，麻烦您，围裙借我一下。"

"呀？雇了位美人啊。老板你可真厉害。"一位客人说道。

"请不要打她的主意哟。"老板半开玩笑半严肃地说道，"她可是关系到一大笔钱。"

"一百万美元的名马吗？"另一位客人开着下流的玩笑。

"即便是名马，雌马也只值半价而已。"我一边烫着酒，一边毫不示弱地反唇相讥。

"别谦虚嘛。今后在日本，马也好狗也好，都是男女平等啦。"最年轻的那位客人用近乎叱喝的声调嚷道，"小姐，我迷上你了。一见钟情哪。可惜呀，你已经有孩子了？"

"没有的事。"老板娘从里间抱着孩子走出来，"这是我们从亲戚家抱来的孩子。这样一来，我们也终于有继承人了。"

"钱也有了。"一位客人打趣道。

老板接过话头，一本正经地念叨："又搞女人，又欠债。"随后话锋一转，向客人问道，"几位来点什么？什锦火锅怎么样？"

彼时，我忽然明白了一件事。“果然如此。”我兀自点点头，然后若无其事地将酒壶端给了客人。

那天刚巧是圣诞节前夕，似乎叫做平安夜，因此，顾客络绎不绝，纷至沓来。我从早到晚一直未进食，老板娘劝我吃点东西，但我心事郁积，推说很饱，什么都没吃。如此一来，自己反而感觉身轻如燕，做起事来利落自如。不知是否是自我陶醉，我总觉得那天店里的气氛格外活跃，不少人询问我的名字，或是想要与我握手。

然而，这样又有何帮助呢。我仍然没有想到任何解决事情的办法，只是机械性地笑着，受到客人们猥亵的调笑，我便用更加下流的笑话回应，如此穿梭于宾客之间斟酒倒茶。脑子里只有一个念头：“我的身体若是能如冰淇淋一般融化消失掉该有多好。”

奇迹，有时也会降临于世。

九点刚过，店里来了两位客人。男客戴着圣诞节的纸质三角帽，像怪盗罗宾那样用黑色面具遮住上半张脸，与他同行的是位三十四五岁，身材纤瘦的漂亮夫人。那男人背对着我们，坐在外间角落的椅子上。尽管如此，打从他一进店，我便认出了他。我那强盗丈夫。

他似乎完全没有注意到我，我也佯装不知，继续与其他客人开着玩笑。然后，那位夫人在我丈夫对面坐下，向我招呼道：“小姐，麻烦你。”

“是。”我答应一声，便向他们那张餐桌走去，“欢迎光临。两位点酒吗？”

丈夫闻言，透过面具瞅了我一眼，随即大惊失色。我轻轻摩挲着他的肩膀，说道：“是说恭贺圣诞呢，还是有什么别的说法？看您的样子再喝一升没问题吧。”

那位夫人对此毫不理会，一脸严肃地对我说：“小姐，不好意思，我有事想同这里的老板私下商谈，劳烦您请他过来一趟。”

我找到正在里间炸食物的老板道：“大谷回来了，请您去见他一面吧。不过，请您不要对那位夫人提我的事情，不能让大谷丢脸。”

“终于来了啊。”

老板虽然对我之前所说的谎言半信半疑，但对我却十分信任，他单纯地以为丈夫之所以回到此地，也是我一手安排的结果。

“我的事情，请一定保密啊。”我再次提醒道。

“如果这样比较好的话，我照办便是。”他爽快地应承道，随即去了外间。

老板略微扫视一遍所有来客，然后径直向丈夫那桌走去。他与那位漂亮夫人交谈几句后，三人一起出了店门。

我忽然觉得万事都解决了。不知为何我对此深信不疑，喜不自禁地用力抓住一位年轻客人的手腕，他穿着藏青底碎白纹的和服，看起来还不到二十岁。我对他说：“来喝一杯吧，来喝一杯吧，今天可是圣诞节呀。”

三

仅仅过了三十分钟，不，也许更快，快到我为之惊讶的程度，老板便独自回来了。他走到我身边说：“夫人，太感谢您了。终于收回那笔钱了。”

“这样啊，太好了。全部吗？”

老板苦笑道：“嗯，昨天的那笔倒是全还了。”

“到现在他总共欠了多少钱？大概数目，如果可以的话再少算些。”

“两万元。”

“只有两万吗?”

“折上加折之后。”

“我来偿还。大叔，明天开始可以让我在这里工作吗？就这么办吧！我会做工还钱的。”

“哎？夫人，那可真是求之不得啊。”

言毕，我们同声大笑。

当晚十点刚过，我告别中野的店铺，背着儿子回到小金井的家。丈夫依旧没有回来，可这次，我却不以为然，明天回店里工作，兴许又能见到他。我以前怎么就没发现这种好事呢。昨天为止我所受的苦，归根结底皆因我的愚蠢，没能想到这么个好主意。我也曾帮父亲照看浅草的关东煮小摊，待人接客算是驾轻就熟，今后在中野的小店里一定能够左右逢源。单说今晚，我就收到了将近五百元小费呢。

据老板所说，丈夫昨晚拿着刀冲出家门后，就到某位熟人家里住了一宿，今天一早就冲进那位漂亮夫人经营的位于京桥的酒吧，大白天就喝起了威士忌，还胡乱给了店里的五个女孩子好些钱，说是圣诞礼物。到中午时分，他招了辆出租车不知去了何处。不久，他便带回来一堆圣诞三角帽、面具之类的，甚至还有蛋糕和火鸡，然后又到处打电话叫来一群朋友，开起了酒会。酒吧老板娘素知他手里无钱，不禁心生疑惑，私下向他追问，丈夫竟也满不在乎地将昨晚之事和盘托出。那位酒吧老板娘与大谷似乎交情匪浅，所以对他好言相劝，说若是真的闹到警察局也是自讨无趣，终究还是得还钱，之后又答应替他出钱归还，于是由丈夫带路去了中野的小店。

中野的老板接着对我说："大致经过可以猜出来。不过，夫人，也真亏您能想到这样的方式。莫非您拜托了大谷先生的朋友？"听语气，老板仍然以为是我一手导演了这还钱的桥段，然后到店里等着这一幕发生。我不禁莞尔，扔下一句不置可否的话语："嗯，这就不必再提了。"

接下来，我的生活剧变，变得虚浮而快乐。我迫不及待地去美发店打理了头发，买了整套化妆品，缝补好和服，此外还向老板娘要来两双新的白色布袜。一直以来郁积在心的苦闷，随即烟消云散。

每天清晨起床后，跟儿子吃完饭，接着做好便当，我就背着儿子去中野上班。除夕和新年正是店里的旺季，椿屋的小佐——这是我在店里的称呼——每天都忙得团团转。丈夫通常每两天会来喝一次酒，每次的酒钱都是让我付，自己转眼便又无影无踪。不过，有时他在深夜会悄悄出现在店外，轻声问我："回去吗？"我于是点点头，着手收拾东西，之后一同愉快地踏上回家的路。

"为什么不一开始就这样呢，我觉得很幸福。"

"女人无所谓幸与不幸。"

"是吗？听你这么说，我也觉得是。那男人呢？"

"男人只有不幸。男人时时刻刻都在与恐惧作战。"

"我不明白。不过，我希望现在的生活可以一直持续下去。椿屋的大叔、大婶都是极好的人。"

"两个蠢材而已，乡巴佬，还如此贪得无厌，故意给我酒喝，到最后再敲我一笔。"

"做生意就是如此嘛，理所当然啊。不过，也不只是这样吧？你不是也把老板娘骗到手了吗？"

“老早的事了。老头子呢？他有发现吗？”

“他应该知道，说什么又搞女人，又欠债的，边叹气边说的。”

“我虽说有些自命不凡，其实想死想得不得了。我自打出生起，便一直在想着死。为了身边的人，我还是死了比较好，这是毋庸置疑的。可我总是死不了，有股奇怪的力量，就像恐怖的神灵般，总是在阻止我寻死。”

“因为你还有工作要做。”

“工作这玩意，根本无所谓。既无所谓杰作，也无所谓劣作。世人说它好，它便好；世人说它差，它便差。恰如呼气和吸气一般。令我害怕的是，这世上真有神灵这回事，你觉得有吗？”

“什么？”

“有神灵存在吧？”

“我可说不好。”

“是吗？”

在店里工作了十几二十天，我逐渐发现，来椿屋喝酒的客人无一例外全是罪犯，丈夫那样的人反而尚算文雅之徒了。而且不只是店里的客人，就连路上的行人，我也觉得他们必定藏着不可告人的罪行。有位衣着讲究，五十岁上下的夫人，到椿屋的后门来卖酒，要价三百元一升，相比现在的市价要便宜些，老板娘立即买了下来，谁知竟是掺水的假酒。外表看上去那般高贵的夫人，竟然也为世道所迫做出这种勾当，我忽然觉得，身无半点污迹的人全无可能在这世上生存。玩扑克牌的时候，集齐所有的坏牌就会变成好牌，可这样的事，在世间的道德面前是行不通的吧。

若是真有神灵的话，请你现身吧！正月末，我被店里的客人侵犯了。

那晚下着雨，丈夫没有出现。不过丈夫在出版社的旧相识，那位曾不时接济我的矢岛先生，一行二人来了店里。与他一起的像是他的同行，年纪也相仿，都是四十岁上下。两人一边喝着酒，一边半开玩笑地高声讨论着“大谷的老婆是否适合在这里做事”。

我便笑着问：“他的夫人身在何处？”

“这我倒是不知。不过她至少要比椿屋的小佐更高贵更漂亮吧。”矢岛先生如此回答。

我便顺着话茬接道：“真叫人嫉妒啊。若是大谷先生那样的人，即便只有一夜，我也真想与他做夫妻呢。我就喜欢那样花言巧语的人。”

“所以我说嘛。”矢岛先生转头向他的同伴努了努嘴。

彼时，我是诗人大谷的老婆这件事，已被与丈夫同来的记者们知晓，加之有不少好事者从记者那里听说后，特地赶来看我的热闹，店里的生意蒸蒸日上，店老板也越发红光满面。

那晚，矢岛先生两人之后一直在商谈纸张的黑市交易，十点过后方才离去。我看外面还下着雨，丈夫多半也不会来了，虽然店里还有一位客人，我仍是准备回家。我到里间角落背起睡着的儿子，小声拜托老板娘：“还得跟您借把伞呢。”

“我带伞了，我送您吧。”店里仅剩的那位客人忽然起身说道。他看上去二十五六岁年纪，身材矮小瘦削，一身工人装扮，表情严肃。这是我当晚招呼的第一位客人。

“不敢劳烦您。我习惯独自走回家。”

“不，您家远着呢，我知道。我也住在小金井那一带，就让我送您吧。大婶，麻烦结账。”

他在店里只喝了三瓶酒，看样子并没怎么醉。

我们一同乘电车回到了小金井，在小雨疏落，四下漆黑的路上，合撑一把伞并排走着。那年轻人一路上寡言少语，此时断断续续地开口说道：

“我知道您。我啊，可是大谷老师的崇拜者。我自己呢，其实也在写诗。一直以来都想请大谷老师指点一下。可实在是很惧怕大谷老师呢。”

到家了。

“谢谢您。下次店里再见。”

“好吧，再见。”

年轻人步入雨中。

半夜，我被玄关传来的开门声惊醒，以为又是丈夫酒醉夜归，便没理会。正准备继续睡去，忽然听见一个男人的声音：

“有人在家吗？大谷夫人，您在吗？”

我起身打开电灯，到玄关一看，发现是刚才那位年轻人，一副摇摇欲坠的样子。

“夫人，抱歉。我回去的时候又在路边摊喝了一杯，其实，我家在立川，到车站一看已经没车了。夫人，拜托您，让我借宿一晚吧。我不要被子什么的，睡在玄关地板上就好。明天一早才有车，请您让我在这儿打个盹吧。要不是这场雨，我也能随便找处屋檐底下睡，可是下雨天实在是没办法。拜托您了。”

“我丈夫不在家，您要是觉得睡地板也行的话，请便吧。”随后，我拿了两个破旧的坐垫给他。

“打扰您了。啊，真是醉了。”他一脸痛苦地喃喃道，随即躺到地板上。我回到床铺上时，已听到他响亮的鼾声。

就这样，翌日的拂晓时分，我便轻易地落入他手中。

那天，我若无其事地照常背着儿子去店里工作。

在中野的店里，丈夫独自坐在外间，他将盛着酒的杯子放在桌上，正翻阅着报纸。上午的阳光折射在杯子上，煞是好看。

“他们都不在吗?”

丈夫回头看了我一眼，答道:

“嗯。老头子去进货还没回来,老太婆刚刚还在厨房那边呢,不在吗?”

“昨晚，你没来吗?”

“来了。这段日子不看看椿屋的小佐我就睡不着呢，十点多的时候我过来看了一眼，可他们说你刚走。”

“后来呢?”

“就在这里住下啦。雨下得那么大。”

“要不我往后就一直住在店里吧。”

“那也挺不错。”

“那就这么决定吧。我总是借住在你家也不好。”

丈夫一声不吭，仍是目不转睛地看着报纸:

“哎呀，又在说我的坏话了。说我是享乐主义的冒牌贵族。这家伙净瞎写，应该说我是畏惧神灵的享乐主义者还差不多。小佐，你看看，这里竟然还说我没人性呢。胡说八道嘛。事到如今我不得不说了，去年年底我从这里拿走那五千元，也是想让小佐和儿子过个好年啊。我要是没人性，又怎么会做那种事呢。”

我并未因此喜出望外，只答了一句:

“没人性也不错。我们只要能活着就够了。”

阴火

诞生

二十五岁那年春天，他将自己那顶颇有来历的菱形学生帽，送给众多希求者中最为腼腆不安的一位新生，踏上了返乡的旅途。从火车站出发，一辆镌刻着雄鹰展翅家徽的小篷马车，载着年轻的主人在三里[①]的路上疾驰而去。车轮飞滚，马具招展，车夫吆喝，蹄铁碰击，这一切交会于耳，还数次听见云雀的清鸣。

在北国，即使到了春天，仍可见雪色斑驳，唯有车道干爽，如一条黑线延伸远去。田埂的残雪已融化殆尽。覆雪的山脉蜿蜒起伏，委靡成一幅紫色画卷。山麓间堆积的黄色木材甚是扎眼，旁边可见一排低矮的工房，粗壮的烟囱飘出袅袅青烟，融入晴朗的天空。那里便是他的家。这位新晋毕业生，用慵懒的眼神扫过故乡久违的风景，故作姿态地轻轻打了一个呵欠。

接下来的一年中，他的大部分时间都在散步。他逐间巡视家里的屋子，眷恋着每间屋子所特有的气息。西式房间里散发着药草的怪味，餐室里飘荡着牛奶的香味；而客厅却有一种让他莫名难堪的气息。他走遍了两层楼房的里里外外，恍惚间还去了独立修建的那座小屋。每拉开一道门，他那颗不洁的心便一阵微悸。种种气息席卷着他在东京时的记忆扑面而来。

---

① 三里：日本地名。

不只在家中，他不时也独自漫步于野地、田园。虽然他不屑野外的红叶、田园的浮萍，然而拂耳掠过的春风、秋色满溢的稻浪，却甚合他的心意。

就寝时，他极少将之前读过的袖珍诗集和那种以红底黑锤图案为封面的书籍放在枕边，而是躺在床上，在台灯光线下仔细端详自己两手的纹路，他开始醉心于研究手相。掌心布满细小的手纹，其中三条特别长的纹路，弯弯曲曲地横向排列着。这三条淡红色的锁链代表着他的命运。依纹路可知，他在感情和智力方面甚是卓绝，而命途却极为短暂。恐不足三十便会英年早逝。

翌年，他成了家。倘若对方是个美人，他倒也不嫌太早。婚礼办得极为隆重，新娘是附近镇上酿酒厂的小姐，肤色浅黑，光滑的双颊生着些许汗毛，擅长编织。婚后近一个月的时间里，他对妻子很是稀罕。

那年隆冬时节，年仅五十九岁的父亲过世。葬礼在一个晴天举行，那天的积雪折射出金色的光芒，他将和服裙裤的下摆撩起掖在开口处，穿上草鞋，踏雪步行两里来到山顶的寺庙。众人抬着父亲的灵柩紧随其后，再之后跟着的是白纱蒙面的两个妹妹。整个队伍蜿蜒绵长。

父亲过世后，他的处境随之剧变。父亲的地位和声誉全都原封未动地落在了他的身上。

他曾一度因这声誉而飘飘然，计划在工厂施行改革，准备大展拳脚。然而实际做来却手足无措，只得偃旗息鼓，将所有事情交与经理打理。到了他这一代，家里唯一的变化，便是西式房间里祖父的画像换成了罂粟花的油画，以及在黑色的铁门顶上安装了昏暗的法式廊灯。

家里一成不变，变化终由外界而生。父亲去世后的次年夏天，镇上的银行局势危急，若是真的倒闭，他家亦会随之破产。

苦思冥想之后，只能是先让经理裁员。这事却激怒了工人，他长久以来的担心提早到来。他只得让经理答应工人的要求。但相比起本该有的沮丧，他仅仅是感到愤怒不已。“只给他们想要的，这就可以了吧?”他暗忖道。最终这件事还是以小规模裁员而告终。

自那时起，他便喜欢上了寺庙。寺庙就在不远的后山顶上，镀锌铁皮的屋顶闪闪发光。他与那里的住持渐渐熟络，住持是位瘦骨嶙峋的老者，右耳曾被撕裂，留下一道黑色疤痕，偶然一瞥很是狰狞。即使酷暑时节，他也踏着石阶前往寺庙。庙内走廊的夏草正自繁茂，其间还盛开着四五朵鸡冠花。住持想必正在午休。他在走廊轻声唤着住持，不时惊得几只蜥蜴摆着青色尾巴从廊下钻出。

他这次来本是为了向住持请教佛经的含义，岂料住持对此毫无研究。住持听完他的来意，茫然失措之后，朗声大笑。他也只好以苦笑附和。这还算好。有时他请住持讲些鬼怪故事，住持会用嘶哑的嗓音一连讲二十多个故事。他不禁好奇寺里是否闹过鬼，住持却说绝无此事。

转眼又过去一年有余，他的母亲也相继过世。自从父亲过世，母亲便一直为他操劳，以致形神俱损，天不假年。母亲辞世后，他也厌倦了寺庙。此时他才发觉，自己常去寺庙，想是有为母亲祈福的因素。

母亲过世后，他方才发觉小家的凄凉。两个妹妹中，年长的嫁到了邻镇的一家大料理店。年幼的戴一副赛璐珞的黑框眼镜，就读于东京一间盛行体操运动的私立女校，只有寒暑假才会返乡。说起来，他们兄妹三人都戴眼镜，他戴的是金属框架眼镜，大妹妹戴的是金丝边眼镜。

他经常去邻镇游玩，因为在自家附近有所顾忌，酒也喝不成。不过自从他在邻镇闹出些小丑闻后，也越发懒得去了。

他忽然想要个孩子，这样至少能够改善他与妻子间的关系。他受不了妻子身上的鱼腥味，实是厌恶至极。

年至而立，他略微发福。每天清晨洗脸时，他将双手涂满肥皂，揉出泡沫，手背如女人般细腻光滑，而指尖已被尼古丁熏成黄色，无论如何清洗都清洗不掉。因为他嗜烟如命，每天都要抽掉七盒希望牌香烟。

那年春天，妻子生了一个女孩。而在两年之前，妻子曾经秘密到东京的医院住了大约一个月。

女儿的名字叫百合。她肤色白皙，丝毫不像父母；头发稀疏，眉毛淡得近似于无；手脚倒是修长，显出秀气。两月大时，体重已有十斤，身长五十八厘米，比一般小孩发育得稍好。

孩子出生后第一百二十天，他们为女儿举办了一场盛大的庆生宴。

纸鹤

我与你不同，我为人过于憨直。我娶了一位并非处女的妻子，三年里一直懵然不知。这件事我或许不该说出口，这对现在正一脸幸福热衷于织物的妻子太过无情。大概也会对世间所有夫妻造成嫌隙。可是，我还是要说，因为我实在是想揍扁你那张道貌岸然的脸。

我既没读过瓦雷利的作品，也没读过普鲁斯特的作品。大抵说来，我对文学一无所知。可正是得益于此，我能将人性看得更加真切。所谓人类，不过是菜市场的苍蝇。于我而言，作者其人才是全部，作品则毫无意义。

纵使再好的作品，也无法超出作者的所知所能。所谓的超越之作，只是用以迷惑读者的伎俩。你大概满脸不屑吧？作为想让读者相信灵感论的你，必定会指责我的言论卑劣粗俗。如此，我不妨说得更清楚些：我的作品只为我自己而写。你若还有点头脑，应对我的这种态度嗤之以鼻。若是笑不出的话，请改掉你那故作聪明、满口胡言的毛病。

我正是为了羞辱你才写的这篇小说。尽管这题材也会令我蒙羞，可我绝不会乞求你的怜悯。我只是想站在比你高的立场，用人类无尽的苦恼给你一记结实的耳光。

我的妻子同我一样，偶尔撒些小谎。今年初秋，我完成了一篇小说。那是一篇向神灵夸耀我家之幸福的短篇小说。我将其拿给妻子过目，她小声通读一遍，只称赞一句不错，随后便岔开话题。我纵使再迟钝，面对妻子反常的举动，也不得不心生疑虑。妻子为何会如此不安呢，我连续三晚彻夜不眠地思索。而所有的疑惑，逐渐在我脑中形成一个难以接受的事实。我这人终究是有着盘根究底的天性。

于是我又接连三晚质问妻子此事。妻子反过来嘲笑我，有时甚至冲我发火。最后我只得想出一些不入流的招式。我曾在那短篇里写道："像我这样的男人得到处女时也会满心欢喜。"我故意以这段内容刺激妻子，并且吓唬她说："我现在已成为大作家，这篇小说无疑会流传百世，而你将会同这小说一起，永世背负欺骗者的骂名。"胸无点墨的妻子，果然被吓住了。她沉思片刻，终于嗫嚅着说："就那么一次。"我微笑着轻抚妻子，安慰道："那不过是年少无知的过错罢了。"而其实我是想让她说出更多详情。不久，妻子改口称有两次，然后又称三次。我依然面带微笑，柔声问她对方是什么样的男人。她吐出一个我未曾听过的名字。妻子在讲述那个男人时，我发自内心地拥抱着她。这真是一段孽缘，同时也是一段真挚的爱情。妻子最终倾吐出大约六次，随后放声痛哭。

翌日清晨，妻子显得神情愉悦。早餐时，她坐在餐桌对面，顽皮地向我合掌作揖。我咬住下唇爽朗地朝她笑笑，于是她的样子愈显轻松，问我道："你难过吗？"说着似乎偷瞧我一眼。我答道："有一点。"

我只是想让你知道，无论多么永恒的形象，骨子里不过都是些卑劣粗俗之物。你知道那天我是怎样熬过去的吗？索性一并告诉你吧。

那之后，我不想再看到她的脸，不想看到她脱下的布袜，甚至与她相关的一切。因为这不仅会让我联想到她不堪的过往，还会让我回想起曾与她度过的美好时光。那天我很快就出了门，决定去拜访一位尚且单身的少年油画家。我当时的境况实在不适合去拜会已经成家立室的朋友。

一路上，我竭力不让脑子出现空白，不让昨晚的事有机可乘，专心致志地思考着别的问题。人生和艺术问题比较危险，尤其是文学，无疑会勾起那崭新的记忆。于是我转而注意起途中的植物。枸杞为灌木，春末开白花,至于科属倒是不甚了解。而到了秋天,像现在这时节只待数日，便会结出黄色的小果实了。再想下去十分危险，我忙把目光转向别的植物。芒草，属禾本科。印象中应该是禾本科。这白色的草，就叫做芒草，是秋之七草[①]之一。秋之七草指的是胡枝子、桔梗、黄背草、瞿麦以及芒草，还差两样，第六样是什么呢？大约六次——冷不防耳边响起了妻子的喃喃声。我几乎要跑了起来，拼命加快步伐，结果数次跌倒在地。这片落叶是，不，别再想植物了。想想更加理性的东西，更加理性的东西。我一边踉跄前行，一边重整旗鼓。

我开始在心里背诵A加B的平方公式，之后又研究起A加B加C的平方公式。你一定正装出一副不可思议的表情。然而我知道，如若你遭遇同样的灾难时，不，即便只是更加轻微的事件，你平日里那些高雅的文学论便用不上了，到时候别说是研究数学，恐怕还会去数甲虫呢。

我一边列举人体的内脏器官名称，一边步入朋友的公寓。

我敲过朋友的房间门后，望向走廊东南角吊着的金鱼缸，里面游着四尾金鱼，我不禁数起鱼鳍的数量来。朋友似乎还未起床，过了半晌，才睡眼惺忪地来开门。踏进朋友家后，我总算松了口气。

最令人畏惧的事莫过于孤独，若能与人聊天就好了。可如果对方是女性，自己会心生不安，因此最好是男性，性格温和的男性尤佳。我这位朋友刚好符合上述条件。我开始滔滔不绝地点评他的近作，一幅编号

---

① 秋之七草：指的是秋天开花的七种草，是日本物哀文学的表现之一

二十的风景画。这幅画于他而言是幅大作，画里描绘着清澈的池塘，和池畔一座红色屋顶的洋房。朋友有些羞怯地将画布朝内靠在墙壁上，而我却不假思索地将其翻转过来仔细欣赏。我当时作了什么评论呢？如若你的艺术评论堪称精彩的话，那我的评论也尚算差强人意。因为我可是像你一样，用四处找碴的方法进行评论，大体上对作品的主题、色彩、构图等方面都挑出些毛病，并且竭尽所能地使用各种抽象词汇。

朋友对我所提的意见逐一首肯。不对，我从最初就没给他插嘴的余地，兀自喋喋不休地评论。

可是，就算不停地说话，我的内心也无法得到安宁，于是我适时打住，与这位年少的朋友下起了将棋。两人坐在床铺上，在画得歪七扭八的纸板上摆好棋子，很快就下完了几盘。朋友原本会不时思量一番，见我十分恼火，便慌忙间草草落子。即便只是一瞬，我都不能让自己闲下来。

如此心弦紧绷毕竟无法坚持太久，我甚至从将棋中也感受到危机。我终于疲惫不堪，说声“不下了”，然后一把推开棋盘，顺势缩进床铺中。朋友也与我并排仰躺在床，并抽起烟来。我是个糊涂之人，而休息是我的强敌。悲伤的阴影数次掠过心头，我不停地呢喃“罢了，罢了……”我一遍遍地驱逐那巨大的阴影。这样下去不行，我必须找点事做。

你也许会笑吧。我趴在床上，从枕边拾起一张散落的手纸，开始折纸。

首先沿着对角线对折两次，像这样叠成袋状，然后将这端折弯做成翅膀，再将另一端折成鸟喙，成形之后将其拉开，对着这个小孔吹一口气。这便成了——纸鹤。

水车

行至桥头，男人原想就此折回，女人却径自安静地走过桥去，男人于是也跟了过去。

“自己何以会对她紧追不舍呢?”男人左思右想。应该并非眷恋，离开女人的身体后，他的激情已顷刻间烟消云散。女人默不做声地准备回家时，男人点燃了一支烟。当发现自己的手不再颤抖时，他越发觉得扫兴，还是维持刚才的原状为妙，于是便同女人一起离开了家。

两人沿着狭窄的土堤，前后错落地悠然漫步。时值初夏黄昏，繁缕花如点点星辰盛开在道路两旁。

有一群不幸的人，他们只能对无比痛恨的异性提起兴趣。男人便在此列，而女人亦复如是。女人今天照旧去了男人在郊外的家，嘲笑着男人的每一句言语。面对女人固执轻蔑的态度，男人坚决回击，女人却毫不示弱。这剑拔弩张之下的战栗，反而激起了两人扭曲的情欲。男人的力量通过另一种形式发泄了出来。离开对方的身体时，两人终于清醒地认识到彼此毫不相爱。

如此的两人并肩同行，彼此心里都清楚对方的绝不妥协，越发憎恶对方。

土堤下方，一条三四米宽的河流缓缓流淌。昏暗的天色下，河水闪烁着微弱的波光。男人凝视着河面，再次犹豫是否要折回。而女人依旧埋首径自前行，他便又紧随其后。

这并非因为眷恋，而是为了了断。虽然话不中听，但凡事总要善后。男人总算为自己的追逐找到了借口。他跟在女人身后约十步远，边走边用手杖将路旁的野草击倒。他想，如果低声向女人忏悔，兴许就可以解决这件持续数月的事。男人在这方面也颇有心得。然而他却说不出口，因为时机已过。这种话要在事后立即说才能见效，如今两人又重新针锋相对，再说这话不是愚蠢至极吗？男人击倒了一株青芦苇。

身后不远处传来列车的轰鸣声。女人蓦然回首，男人也急忙扭头回望。列车从河流下游的铁桥上驶过。亮着灯光的车厢，一节一节，一节一节地从他们眼前驶过。男人感觉到女人的目光灼痛了他的脊背。列车终于完全驶过，只听见前方的森林传来车辆的回响声。男人一咬牙，打算回头，心想若是刚好撞到她的眼神，便冷笑一声说："日本的火车也不赖嘛。"

然而，女人已经匆匆远去。她那身黄底白点的连衣裙，透过暮色刺痛了男人的眼。不如就此回家吧，索性向她求婚。当然，并非真的和她结婚，只是以此为借口与她做个了断。

男人将手杖夹在腋下，跑了起来。渐渐靠近女人时，男人的决心开始土崩瓦解。女人微微耸动着瘦削的肩膀，不紧不慢地迈着步伐。男人跑到她身后两三步时，陡然放慢脚步。猛烈的厌恶感迎面袭来，他甚至觉得这女人身体里散发出一股难以忍受的恶臭。

两人继续沉默着前行。道路的正中出现了一片杨树。女人走向杨树左侧，男人选择了右侧。

不如逃走吧，我不需要解决什么。即便在她心里留下油嘴滑舌的负心汉形象，也不过是同其他男人一样，我不在乎。反正男人就是这种东西。

逃走吧。

穿过这片杨树林，两人没有对视，只是又自然地并肩同行。就跟她说一句话吧，就说：“我不会说出去的。”男人将一只手伸进和服袖子里摸索香烟。或者这么说：“女儿、妻子、母亲，是每个女人都会经历的三个阶段，和我结婚吧。”那么她会怎样回答？她一定会反问：“你是斯特林堡 吗？”男人划亮了火柴，女人青黑色的侧影在他眼前晃个不停。

男人终究止住了步伐，随后女人也停下脚步。彼此依旧背着脸，驻足片刻。他见女人没有丝毫哭泣的样子，不禁有些懊恼，于是故作轻松地望向四周。左边有一座他十分喜欢的水车小屋，他时常来这里散步。水车在夜色中悠悠地转着。女人倏然转身，背对着男人继续前行。而男人抽着烟，依旧站在原地，没有叫住她的意思。

尼姑

事情发生在九月二十九日的深夜。只要再忍耐一天，十月份再去当铺的话便可少付一个月利息，想到这，我连烟也没抽，在家足足睡了一天。结果白天睡得太多，夜里反而失眠。十一点半左右，屋子的推拉门嗒嗒作响。起初我以为是刮风，但不久又响了起来。“咦，难道有人?”我从被窝里探出上半身，伸手拉开了门，只见外面站着一位年轻的尼姑。

这是一位身材匀称，稍显娇小的尼姑。头顶乌青，鹅蛋脸形，面颊浅黑中透出粉红。眉毛恰似地藏王菩萨的新月眉，眼睛又大又圆，双眸清澈明亮，睫毛极长。鼻子小巧高挺，嘴唇淡红稍厚，双唇微启间隐约可见一排皓齿。下唇微突。墨染的缁衣似乎上过浆，折痕清晰挺直，尺寸好像有点小，脚部露出三寸左右，柔软粉嫩的小腿生着稀疏的绒毛，脚踝套在窄小的布袜里，勒得很紧。她右手握着青玉念珠，左手拿着一本朱红封面形状窄长的书。

我以为是妹妹来了，于是说声“请进”。她进屋后，轻轻地拉上身后的门，木棉质地的缁衣发出沙沙的摩擦声。她走到我枕边，端正地坐下。我缩回被窝里，仰躺着注视她的脸。猛然间一阵恐惧袭来，我惊得呼吸顿止，眼前发黑。

“虽然长得极像，但你不是我妹妹吧。”此时我方才醒悟，我根本就没有妹妹，“你是谁?”

“我大概走错门了。没法子，这屋子都长得一个样。”尼姑答道。

恐惧稍稍减轻了些。我盯着她的手，指甲约有半厘米长，指节干瘦发黑。

“你的手怎么弄得这么脏。我这样躺着看过去，你颈部和别处的皮肤明明都很干净。”

尼姑答道：“因为我做了不洁之事。我自己也很清楚，所以才特地以念珠和经书做掩饰。为了颜色搭配，我又将念珠和经书带在身上行走。黑色的缁衣能衬托出青红两色，也能衬得我更加典雅。”说着她刷刷地翻开经书，“读读这个吧。”

“好啊。”我闭上眼睛。

“净土真宗曰：夫细观人生浮生相，欲论其中之极无情者，殆即此世自始至终，如梦幻泡影之无常。这么矫情叫人怎么念得下去。还是念别的吧。所谓女人身，除了五障、三从外，其罪之深，更超于男人也。因此故，十方诸佛也叹气摇头，认为以其自身之力，是不能度女人成佛——这真是胡言乱语。”

“听起来不错。”我闭着眼睛说，“接着念吧。我每天都过得无聊透顶，若非有人突然造访也不会生出好奇心。就像现在这样我什么也不问你，只是闭着眼睛舒适地与你交谈。原来我也能成为这样的男人啊，感觉真不错。你呢，怎么样？”

“不怎么样，这都是些没法子的事。你喜欢听童话吗？”

“喜欢。”

尼姑接着说道：“那就说说螃蟹的故事吧。在一个皓月当空的夜晚，一只瘦螃蟹看到自己映在沙滩上的丑陋影子，吓得彻夜难眠，走路也踉踉跄跄。若是在月光照射不到的深海，在轻灵舞动的海带林间，它可以安安稳稳地睡个好觉，还能做个龙宫的美梦，这不是更加诱人吗？然而螃蟹却为皓月所吸引，一心只向海滩爬去。当它爬到沙滩上，忽然看到自己丑陋的影子，顿时恐慌不已。螃蟹蹒跚地迈着步，吐着泡泡喃喃自语道：‘我是个男子汉，我是个男子汉。’

“螃蟹的甲壳很容易碎。当然，只是外表看上去很容易碎。据说螃蟹甲壳破碎的时候，能听到‘嘎啦’一声。从前，英国有只大螃蟹，生来就拥有红色的华丽甲壳，可惜最终它的甲壳也凄惨地破碎了。不知是众人的罪孽，还是它自己招来的报应。这只大螃蟹甲壳破碎，露出了雪白的肉，它非常难过，摇摇晃晃地进了一家咖啡馆。店里聚集着许多小螃蟹，正抽着烟聊着女人。其中有一只法国出生的小螃蟹，瞪着清澈的眼睛,盯着大螃蟹。这只小螃蟹的甲壳上交错布满了东方式的灰色暗淡条纹。大螃蟹避开了小螃蟹凌厉的目光，悄声嗫嚅道：‘你这家伙，可别欺负受伤的螃蟹啊。’

“唉，与这只大螃蟹相比，那只瘦螃蟹实是小得可怜。可它仍然为月光着迷，忘记了上次的耻辱，又从北方的大海爬了出来，刚爬到沙滩，它再次被吓到。‘这个又扁又丑的影子真的是我吗？我可是一个年轻的男子汉，可是你看我的影子。难道我已经被压碎了吗？我的甲壳就这么难看吗？我就这么弱小吗？’这只小小的螃蟹一边喃喃自语,一边蹒跚漫步。我有才能吗？不，不，即便有的话，也是些古怪的才能，不过是谋生的才能罢了。你会如何向编辑推销自己的稿子呢？不择手段？譬如准备好眼药水打算哭诉；或是强言要挟；抑或穿着体面，作品里不加任何注释，故作疲态地说：‘若是这样可以的话……’

“身上的水汽渐渐消散。这股海水的味道是我身上唯一的长处。如果失去海水的香气，唉，我也会随之消失。还是再度回到海里吧，潜回深深的海底去。那里有令人怀念的海带林、悠游的鱼群。小螃蟹在沙滩上痛苦挣扎着前行。它在海岸的茅草屋下稍作休息，又在腐烂的渔船下停歇一时。蟹呀！何处之蟹，遨游天下，敦贺之蟹，唯有横行，能至何方……”讲到这里她停下了。

“怎么了？”我睁开眼睛。

“没什么。”她轻声回答，“有点惋惜。这是古事记里的……作恶必有报啊。厕所在哪来着？”

“出房间往走廊右边一直走，有块杉木挡板，门就在那里。”

“一到秋天，女人就会觉得冷了。”说完，她像个顽皮的孩子般缩起脖子，滴溜溜地转转眼珠子。我不禁莞尔。

尼姑走出我的房间。我又蒙头思考。不过并非是想什么高深伟大之事，而是在想，这下可赚到了，忍不住奸笑起来。

她回来时显得有些惊慌，拉上门站着说道：

“我必须得睡了，已经十二点了。没关系吧？”

我答道：“没关系。”

我从少年时期便发现，无论人多么贫困，唯有被褥总想要舒适的。因此我早有准备，就算有客人意外留宿，也不至于手足无措。我起身从三床褥子里抽出一床，铺在旁边。

“这床褥子好生奇怪，像是玻璃彩绘般。”

我又拿起自己两床被子中的一床。

“不用了，我不用盖被子，就这样躺着就好。”

“这样啊。”我立刻钻回我的被窝。

尼姑将念珠与经书轻轻地塞到褥子下面，和衣躺在没铺床单的褥子上。

“请仔细看着我的脸。我很快就会入睡，然后会磨牙。之后如来佛祖便会降临。”

“如来佛祖？”

“是的，佛祖会来夜游，每晚都会来。你不是说很无聊吗？那你可要好好看着。我事先告诉你也是因为这个。”

正如她所言，话音刚落，就听见她响起了沉稳的呼吸声。当她发出磨牙声时，屋子的门嗒嗒响了起来。我从被窝探出上半身，伸手拉开门，如来佛祖来了。

他骑在大约两尺高的白象上，白象身上装着一套生锈发黑的金属鞍具。如来看起来有些瘦，不，应该说是相当瘦，肋骨一根根突出来，直如百叶窗一般。他全身赤裸，只在腰间围了一圈破烂不堪的褐色麻布。他的四肢瘦如螳螂，沾满了蛛网和灰尘。皮肤漆黑如炭，短短的头发赤红卷曲。脸庞只有拳头大小，眼鼻更是小得出奇，皱成一团。

“是如来佛祖吗？”

“正是。”如来的声音嘶哑低沉，“我实在是进退维谷，这才出来的。”

“什么东西这么臭啊。”我吸了吸鼻子，实在是太臭了。如来一出现，莫名的恶臭就在我的屋子里弥漫开。

“果然如此吗？其实这只大象已经死了，尽管给它塞满了樟脑，看来还是会臭啊。”说着，他声音越发低沉，“现在活着的白象不太好弄呀。”

“就骑普通大象也不碍事嘛。”

“不行，仅以如来的身份而言，那也万万不可。事实上，我会以这般姿态出现也是出于无奈，都是被那群讨厌的家伙生拉硬拽来的。听说佛教很流行哪。”

“啊，如来佛祖，还是快想想办法吧。我快被熏得窒息了，生不如死啊。”

“真是可怜。”接着他有些吞吞吐吐，“你是否觉得我现身的时候有些滑稽？作为如来的现身方式，是否有些难堪？请照实说。”

“没有，非常不错。我觉得相当气派啊。”

“呵呵，是吗？”如来将身体微微前倾，“那我就放心了。先前我一直担心这点，兴许我是个好面子的人吧。如此我便可以安心返回了。让你见识一下如来归去时的风采吧。”他话音刚落，接着打了个喷嚏，他嘟哝一句“糟了！”之后我便看见如来与白象如同纸张落入水中，倏地化为透明，所有元素烟消云散。

我再次钻回被窝里看那尼姑。她在熟睡中面露微笑。有恍惚的笑、侮蔑的笑、纯真的笑、做作的笑、谄媚的笑、喜悦的笑，还有，破涕为笑。她一直保持着微笑。而在笑的过程中，她开始逐渐缩小。伴随着流水般的簌簌声，她最终变成了约两寸长的偶人。我伸出一只手，抓起那只偶人，仔细端详。浅黑的脸颊凝结着微笑，雨滴般的嘴唇依旧淡红，罂粟籽般的皓齿排列整齐。雪花般细小的双手微黑，松针般纤细的双脚穿着米粒大小的白袜。我试着朝缁衣下摆吹了口气。

满愿

那件事发生在四年前。那一年，我在伊豆三岛的朋友家的二楼住了整整一个夏天，写作小说《传奇》[1]。某晚，我喝得醉醺醺地骑着车，不慎受伤，右脚脚踝上方裂了个口子。尽管伤得不深，但由于饮酒的缘故，血流不止，我慌忙跑去医生那里。镇上的医生三十二岁，身材肥胖，模样酷似西乡隆盛[2]。医生当时也是喝得烂醉。我见到诊室里走来一位和我一样醉得晕头转向的医生，觉得非常滑稽可笑。看病时，我不禁吃吃笑个不停，医生见状也窃笑不止，最后我们终于忍不住，一同放声大笑。

那晚过后，我们成了好朋友。医生喜欢文学，更爱好哲学。我也喜欢与人探讨哲学方面的问题，两人在一起总是兴致勃勃。医生的世界观更偏向原始的二元论，在他看来，世间万物尽是好与坏的交战，这一观点可谓逻辑分明。尽管我心灵深处一直信仰名为爱的神明，医生的善恶之说还是为我苦闷的内心带来一丝独特的清凉。医生曾这样举例说明：我深夜拜访他家，医生立刻命太太拿出啤酒款待我，他自己便是善；而太太笑着建议不要喝酒，改打桥牌，太太便是恶。对此，我十分认同。医生的太太身材娇小，长着一张大圆脸，但皮肤白皙，气质文雅。二人膝下无子，正在沼津商业学校就读的内弟住在二楼，年纪不大，很是憨厚懂事。

医生家订阅五份报纸，我清晨出来散步，几乎都会顺道去他家，叨扰半小时或一小时左右。我从后门进去，在房间走廊上坐下，品着医生太太端来的凉麦茶，单手压住被风吹得哗哗作响的报纸，慢慢翻阅。离

---

① 《传奇》：作者 1934 年发表的一篇小说。

② 西乡隆盛：日本江户时代末期（幕末）的萨摩藩武士、军人、政治家，“维新三杰”之一。

走廊不到两间房距离，一条水量丰沛的溪流从青草地上缓缓流过。清晨，配送牛奶的青年都会骑车经过溪流旁的狭长小路，途中见到我，必会问候一声。这时，总会有一位年轻女人前来取药。她衣着简洁，穿着木屐，很清爽的样子，在诊室里和医生也是有说有笑。偶尔医生会把她送到门口，朗声鼓励她：

“这位夫人，再忍一忍就会好了！”

一次，医生的太太告诉了我个中原委。那女人是一位小学老师的夫人，老师三年前患上肺病，近来大有好转。医生告诫她，现在正是关键的时候，务必禁止某些行为。女人一直遵照医生的告诫，但会不时前来询问情况，模样甚是可怜。每次医生必须狠下心来，厉声告诫女人再忍一忍，当然，言外之意不言而喻。

八月底时，我目睹了一幅美丽的情景。早晨在医生家走廊上读报时，医生太太斜坐在我身旁，忽地悄声说道：“呀，她今天看起来很高兴。”

我忙抬头望去，那穿着简洁、清爽的身影正在走远，她的步履轻盈如飞，白色阳伞在手中缓缓转动。

“今早，医生允许了！”太太又小声道。

三年，说来简单——我不禁思绪万千。岁月流逝，我愈发觉得那女人的身影很是动人。这或许是缘于医生太太的影响。

候鸟

外表强装快乐，内心烦恼困惑。

——阿利盖利·但丁

深秋的夜晚，音乐会结束后，数不清的乌鸦变幻出各种样貌，相互推挤，络绎不绝地走出日比谷公共会堂，继而各自向自家方向扑动翅膀飞去。

“这不是山名先生吗?”

打招呼的乌鸦没戴帽子，头发蓬乱，穿着宽大的夹克衫，是位消瘦的高个子青年。

“是我……”

被叫住的乌鸦是位发福的中年绅士。他未多加理会青年，而是朝有乐町方向走去，“你是哪位?”

“我吗?”年轻人搔搔蓬松的乱发,笑道,“我不过是个音乐发烧友……”

“你有什么事?”

“您是我的偶像。我很崇拜您写的音乐评论。不过您最近的作品似乎不多啊?”

“我有写。”

糟糕！昏暗的夜色中，青年撇撇嘴。他就读于东京某所大学，却没有校帽和校服，只有一套夹克衫和春秋季穿的西服。家人似乎从未寄过生活费，他有时在街头擦皮鞋，有时跑去卖奖券，近来又以协助某出版社编辑的由头做事。其实他倒也并非都是弄虚作假，但似乎背地里也进行一些交易，手头还算宽裕。

“说到音乐，还是莫扎特的最好啊!”

为了挽回刚才的搭讪失败，年轻人想到这位山名老师曾在一篇文章中对莫扎特大为赞赏，便自言自语般小心翼翼地说出这句恭维话。

“这也并不绝对……”

好！他好像有点兴致了。我敢打赌，这位老师衣领下面一定藏着一张扭曲的脸。

青年开始得意忘形。

“我以为，近代音乐的堕落是从贝多芬开始的。他把音乐与人生相提并论，让两者相互较量，简直是歪门邪说。依我看，音乐本身至多只是生活的伴奏。今晚，我久违地听到莫扎特，才渐渐明白音乐……”

“我在这里坐车。”

前面是有乐町站。

“哦，是吗？真是不好意思。今晚很高兴和老师聊天。”

青年的手插在裤兜里，就那样轻轻鞠躬后，与老师道别，而后径直右转，向银座走去。

贝多芬也好，莫扎特也罢，不都一样吗？那老师留着惹人厌的胡子，胡子的喜好却让人难以捉摸。嗯，说不定那家伙根本没有什么喜好。嗯，也许果真如此，所谓的评论家们原本便没有什么喜好，所以也不存在什么厌恶。或许我也如此，真难为情。可胡子……听说留胡子会让牙齿更为坚固，这位老师不会是想紧紧咬住什么人吧？皇室成员也是如此，身穿西服，脚踩木屐，蓄着漂亮的胡子。真是可怜，他们的心思着实难以理解。可以说，胡须迫使人与生活较量。蓄须的人睡觉的样子一定很威武吧！我是否也该蓄须试试呢？有了胡子，说不定就能明白一些什么。马克思的胡子多棒呀，他的胡子是如何长的？像是在鼻子下面种了一棵玉米，真让人费解。笛卡尔的胡子则像牛的口水，那就是所谓的“怀疑论”……咦？那是谁？没错，那是田边，今年四十岁。但是女人一旦过了四十……但她身上总有零用钱，倒是靠得住。毕竟她个子娇小，显得很年轻。这下好了。

“田边小姐。”年轻人从背后拍了拍她的肩。哎！她居然戴一顶绿色的贝雷帽，太不合身了，不如不戴。思想家们平时都不培养自己的审美吗？好歹也考虑一下自己的年龄啊。

“您是哪位？”

近视眼吗？眼睛这么不好使，真让人失望。

“我是蜡笔社的……”

莫非要我自报家门才想得起来吗？不会是有积脓症吧？

“啊，很抱歉，是柳川先生啊。”

柳川是我的化名，并不是本名。本名我是不会告诉她的。

“是我。上次多谢您的关照。”

“哪里哪里，也多谢您关照。”

“您要去哪儿？”

“您呢？”

真是个有心机的女人。

“去听音乐会。”

“哦，是嘛。”

她似乎放心了。正是因为这些人，我才会偶尔去听什么音乐会。

“我正要回家，坐地铁。刚好报社那边有点事……”

哪里会有什么事，她分明在说谎。其实是去见男人的吧？还说报社有事，真会找理由。这些女社会主义者就是虚荣心强，真让人头疼。

“是去做演讲吗？”

看吧，连脸都不红一下。

“不，是工会的事……”

工会？老一套字典曰：工会，乃是令人东奔西窜、累到哭泣的忙碌组织。

我也曾尝过工会的厉害。

“很辛苦吧？”

“是啊，很累人。”

不这么回答就真是在说谎了。

“不过，现在可是民主革命的大好时机啊。”

“是啊，很好的机遇。”

“错过了现在，恐怕今后再也……”

“不，我们是不会放弃希望的。”

马屁又拍错地方了。这种事儿可真够难的。

“一起喝杯茶吧？”

诓她试试。

“今晚可能不行。”

真是个不吃亏的家伙。不过，谁娶了这样的老婆也乐得轻松。与人相处精明干练，又不失娇柔。

若看上去只有四十岁，那她就是四十岁的女人。若看上去有三十岁，那她就是三十岁的女人。若看上去只有十六七，那她就只有十六七。贝多芬、莫扎特、山名老师、马克思、笛卡尔、皇室成员、田边女士，但现在，我身边没有任何人，只有风。

去吃点什么吧。胃似乎有些不舒服……听音乐会恐怕对胃不好，忍不住想要打嗝。

“喂！柳川君！”

啊，真是个好名字。把川柳[①]倒过来念。柳川锅[②]。不行，从明天起要换一个笔名。话说，叫我的人是谁呢？长得可真丑。想起来了，是那位拿着稿子到我们社来的文学青年。看样子我遇到了一个无聊的家伙，还喝得醉醺醺的，别是要让我请客吧？离他远点吧。

“哎呀……是哪一位来的？真不好意思。”

搞不好还会被对方狠敲一笔。

“我曾经把稿子拿到你们蜡笔社，您说我的稿子只是机械地模仿永井荷风[③]，还退了我的稿。您不记得了吗？”

这应该不像是要威胁我。我可没说过是机械的模仿，最多说了“模仿”或是“仿造”，总之，他的稿子我一页也没看过，一看题目就不行，叫什么……好像叫《一位舞女的自白》。这种题目，连我看了都觉得脸红，亏这个笨蛋写得出来。

“我想起来了。”

我十分郑重且殷勤地作答。对方毕竟是个笨蛋，要是被他揍一顿可就不值了。但这人看起来并不厉害，我应该能打赢他。不过人不可貌相，

---

① 川柳：日本杂俳的一种

② 柳川锅：日本菜肴之一

③ 永井荷风（1879-1959 年）：日本小说家，唯美派代表作家。

防人之心不可无。

“我把题目改了。”

真让人吃惊。居然还记着那件事，看来也不是十足的笨蛋。

“是吗？改了或许会好一些。”

我可没兴趣，没兴趣。

“我改成了《男女合战》。”

“男女合战……”

完全不通。这个笨蛋！做事情也要有个限度。简直像只虱子。闪一边去，别挡路。我就是讨厌文学青年这一点。

“卖出去了。”

“啊？”

“那稿子卖出去了。”

真是奇迹。文坛上又多了一名新人啊。太恶心了。长着这样一张丑八怪的脸，这个讨厌鬼说不定真是个天才。毛骨悚然！真是太吓人了。我就是对文学青年没有好感。不管怎么说，还是恭维他几句吧。

“这个题目听起来真不错。”

“嗯，很符合这个时代。”

这个混蛋，真想把他狠揍一顿。给我适可而止吧！小心天打雷劈！我要跟他绝交。

“今天我收到稿费了，没想到那么多，吓我一跳。我刚才四处喝酒，稿费现在还剩一多半呢。”

那是因为你太小气了。这家伙真是惹人嫌，有点钱就耍起威风来了，剩也就剩三千块吧。等等，这家伙一定是躲在厕所里偷偷数过钱，不然不会那么肯定地说还剩下一半多。数过，肯定数过。总有这种喝得烂醉的人，在厕所或是小巷的电线杆下数着剩下的钱，一边无力叹息着“看那鸟儿飞过满是烦恼的天空啊……”真是可怜。其实，我也那么做过。

“我打算今晚把钱全花光，您要跟我一起来吗？要是这附近有您熟悉的酒馆，那咱们一起去吧。”

这话真让我刮目相看，是我失敬了。可是，他真带钱了吧？要是平摊可就糟了。我还是先试探一下。

“熟悉的酒馆倒是有，但那家稍微有点贵哦。要是把你带过去，恐怕你要埋怨我了……”

“没关系，我还有三千块，应该够了吧。这些钱就都交给您了，今晚我们两个把它花光！”

“不，使不得。手上拿着别人的钱，我很不自在，喝酒都喝不尽兴了。”

虽然模样丑陋，说话还挺中听。写小说的男人到底还是够爽快、够潇洒。谈莫扎特就谈莫扎特，见了文学青年就成文学青年。变化如此自然，让人不可思议。

“那今晚我们就好好聊一聊文学吧。当时我对你的作品很感兴趣，但是我们总编啊，他太保守了。”

带他去竹田屋。我在那家酒馆还赊着一千块的账，顺便让他帮我还上吧。

“是这家吗？”

“嗯，地方有点脏，但我喜欢这家的酒。你觉得怎么样？”

“这儿也不赖嘛。”

“哈，英雄所见略同。来，干杯。爱好这东西啊，可真够复杂。一千种厌恶才能生出一个爱好。没有爱好的人，一般也没什么厌恶。来吧，干杯！今晚我们聊个够！没想到你这么不爱说话。这样可不好，我总是拗不过沉默的人。沉默是我们最大的敌人。聊天这种事，是极端的自我牺牲，甚至是人类能力范围内最大的奉献，而且丝毫不计回报。不过，我们也要爱护敌人。我爱每一个为我带来活力的人，我们的对手总是能让我们活力四射。来，喝酒。那些笨蛋们认为开玩笑的人不认真，认为打趣算不上正经的回答，总是要求别人态度要坦率。真讨人嫌！可坦率这东西让人变得没心眼，当然，它也不认可有心眼的人。太敏感的人会体谅他人的痛苦，自然就无法轻易做到坦率。所谓的坦率，其实就是暴力。正因如此，我不喜欢那些老权威。我不过是畏惧他们的手腕（狼是不该吃羊的。那是不道德的行为。实在让人不快。吃掉羊的应该是我）。在我看来，老权威都是些将胡言乱语讲得冠冕堂皇之人。你直觉认为他们和善，其实他们根本就不把人放在眼里。缺乏智慧的直觉，不过是一种灾难。真是歪打正着。喝啊，干杯。一起聊聊吧。我们真正的敌人是沉默。说得越多，就越觉得不安。那感觉就像被谁拉住衣袖，总忍不住扭头回望。我终究还是没出息。大人物都能果断地相信自己的判断，最笨的家伙也能如此。不过，唉，还是别说别人的坏话了。没想到，我也会做出这种不地道的事来。说人坏话只能说明自己也同样抱有小气的本性。喝酒吧，我们谈文学。文学论还是很有意思的东西。碰到新人就是新人，碰到老权威就是老权威，心情轻松随之转变，这就是它有趣的地方。对了，你想想，你马上要作为新兴作家出道，要如何博得三百万读者的青睐呢？这是件难事，不过不要绝望。听好了，这比让特定的一百名读者喜欢你要简单得多。一般来说，人气上百万的作家大都对自己很满意；只被少数读者青睐的作家大都对自己不满意。这很可怜。幸好你本人似乎也很满意自己的作品，这样一来你就有望得到三百万读者的喜爱，成为流行大作家。你切不可绝望。用现在的流行语来说，你很有可能。来，再干一杯。您希望自己的作品被一位读者毫不厌倦地读上千遍，还是希望被十万读者读上一遍呢——但凡舞文弄墨之人，遇到这种问题，都会毫不犹豫地选择后者。放手好好干吧！你很有潜力。机械地模仿荷风也无妨。所谓的原创文学，只是如胃一样的问题，能否消化从他人处得来的养分才是关键。若是把营养原封不动地排出去，那就糟糕了。如能消化吸收掉，那就没问题。从前可没有什么原创文人之说。名副其实的原创文人根本不为世人所知，也无法被世人所知。所以说，这一点你大可放心。不过，偶尔也会看到一些自诩‘原创文人’的家伙晃荡于世。不用害怕，他们不过是群笨蛋。哎！你可是前途无量啊。对了，下一本小说的名字就叫《宽广之门》如何？门这个字眼很有时代感。不好意思，我得吐一下。没事，嗯，没事了。这儿的酒味道不太好。啊，舒服多了。刚才实在是忍不住了。边夸人边喝酒，就是容易醉。对了，瓦雷里[①]啊，啊，还是让我说出来了。真是败给你的沉默了。今晚我在这儿说的，压根儿就不是原创，几乎都是瓦雷里的文学论。因为我胃不舒服，还没消化吸收就整个都吐出来了。你要是想听，我还能说很多。这本瓦雷里的书还是送给你吧，我留着也麻烦。刚从二手书店买回来，在电车上读的，这些新知识还都在我脑子里呢。不过到了明天早晨，估计就全忘了。读瓦雷里就是瓦雷里。读蒙田就是蒙田。读帕斯卡就是帕斯卡。只有那些完全沉浸在幸福中的人才有自杀的权利——这也是瓦雷里说的。不赖吧？我们这等人连自杀的权

① 保尔·瓦雷里：法国象征主义诗人

利都没有。这本书就送你了。喂，老板，结账！把所有的都结清，所有的。那我就先告辞了。书上说，不要轻如鸿毛，而要身轻如燕。这该如何是好啊。”

不戴帽子、头发蓬乱的消瘦青年，穿一件宽大的夹克衫，如水鸟一般飞身而起。

心之王者

数日前，三田的两位年轻学生来我家拜访。不巧彼时我身体不适，正卧床休息，便和他们说好只奉陪一小段时间。我从被窝里爬出，在睡衣外面披上褂子，与他们见了面。两人彬彬有礼，举止得体，迅速谈完要事便打道回府。

所谓要事，是指请我给这份报纸写篇随笔。在我看来，他们不过是十六七岁的淳朴少年，不承想二人均已年过弱冠。近来，我愈发看不准人的年龄了。无论是十五岁、三十岁、四十岁，抑或五十岁，人们都为同样的事愤怒，为同样的事欢笑振奋；同样狡猾，同样软弱、卑微。若只端详人们的心理，年龄之差便会颠倒混乱，令人难以捉摸，最终成为可有可无之事。前几日的两位学生，看上去只有十六七，言谈却已颇有分寸，在某些方面十分老练，作为新闻编辑，已经有了自己的一片天地。送走他们后我脱下褂子，重新钻进被窝，静静地思考了片刻。不知为何，时下学生们的境况让我心中升起一丝怜悯。

学生并不属于社会的某个部分。并且我认为，他们本就不该属于社会的任何一部分。我一向固执地以为，所谓的学生，就该是披着蓝色斗篷的恰尔德·哈罗德[①]。学生是思考的漫步者，是蓝天上的云朵。学生既不能是编辑，亦不能是官吏，甚至不能是学者。于学生而言，成为市侩的社会人士是种多么可怕的堕落。但那并非是学生的错，一定是有人在其身后唆使引导。正因如此，我才会产生怜悯之心。

① 恰尔德·哈罗德：英国著名诗人拜伦所著《恰尔德·哈罗德游记》中的主人公，是忧郁而孤独的漂泊者的代表形象。

那么，学生该是什么模样？在这里，我引用一篇席勒[①]的叙事诗，来向各位说明。大家应该多读读席勒。

现今时局如此，他的作品更是必须多多揣摩。为了锻炼豁达、坚强的意志，也为了继续怀抱光明崇高的希望，各位当在此刻重拾席勒，仔细研读。《地球的分配》是席勒很有趣的一首诗，其大意大致如下：

众神之父宙斯在天庭向人类发号施令："接受这个世界吧！"

"接受它吧，它是属于你们的。我把它作为遗产赠予你们，它将是你们永久的领地。好了，你们和平地分享它吧。"话音刚落，大家一哄而上，东奔西走，竭尽所能夺取自己的地盘。农民以木桩在原野上划出界线，将其开垦为田地。此时，抱着双手的地主出现了。他信口胡言："这地有七成是我的。"商人在仓库里储满货物；长老四处搜刮珍贵的陈年葡萄酒；贵族子弟立刻用围绳圈住了翠绿的森林，他们在其中欢快地狩猎或幽会；市长掠取街道；渔人在水边定居。一切瓜分完毕，天下太平之际，诗人慢悠悠地走来。他来自遥远的他乡。啊，此时世上已空无一物，每一片土地都有了主人。"多么可悲！为何只有我一人一无所有？神啊，我是您最为忠诚的子民啊！"诗人大声抗议，在宙斯的宝座前扑倒。"谁叫你沉浸在美梦之乡，姗姗来迟。"宙斯叹道，"你没有向我诉苦的资格，大家瓜分地球时，你去了何方？"诗人答道："我就在您的身旁。注视您的容颜，聆听醉人的天籁。请原谅我这颗赤子之心，我在您的圣光中沉醉，遗忘了大地之上的烦忧。"宙斯听后，温柔地说："那该如何是好？我已把地球交给了众人。秋收、狩猎、市场都不再为我所有。若你想在天庭与我共处，随时都可造访。我这里为你敞开大门！"

① 席勒（1759-1805）：德国诗人。与歌德齐名的德国启蒙文学家。有"德国的莎士比亚"之称。

如何？学生原本的面貌，一定是神的宠儿，是这位诗人。即使在大地上毫无作为，只凭那自由而高贵的憧憬，就足以与神同住。

学生们，请牢记自己的特权，请为这特权骄傲。你不会永远拥有这种权利，啊，光阴真是倏忽即逝，因此请务必好好珍惜，切勿玷污了自身。待你们从学校毕业，地上的瓜分之事自会找上门来，纵使厌恶也必须接受。你们会成为商人，成为编辑，成为官员。但在神的宝座上与神并肩而坐这种事，走过学生时代便不会再有，错过后便永不再来。

三田的诸位学生，在高歌《大地之王》的同时，请务必暗自以“心之王者”自居。因你们今生能与神同在的时光只此一段。

秋风记

驻足而立，

怅然思物，

物皆物语。

——生田长江

我究竟该写怎样的小说呢？我简直生活在故事的洪流中。若能成为演员可谓幸甚，我连自己熟睡的样子都描绘得出。

即使我死去，也会有人为我细细化妆，并为我悲伤。K 估计就会这么做。K 是比我年长两岁的女子，今年三十有二。

讲一讲 K 吧。

K 与我虽无血缘关系，但自幼与我家交往甚密，等同我家中的一员。并且，K 如今也和我一样，认为"若是没来到这个世上就好了"。生而为人，不过十年光阴，就已看遍这世上最美的风景，可以随时死去，且并不后悔。但 K 还活着。为孩子而活，也为我而活。

"K，你恨我吧？"

"是啊。"K 严肃地点点头，"有时甚至恨不得你死。"

我的很多亲戚都已不在世。最年长的姐姐二十六岁时便死了。父亲死时五十三岁。最小的弟弟活到十六岁。三哥死于二十七岁。今年，排行在三哥下面的姐姐死了，三十四岁。外甥死时二十五岁，表弟死时二十一岁。他们都与我来往密切，却在这一年里相继离世。

若是有必须要死的缘由，请对我言明。或许我不能帮上什么，但我们可以好好谈一谈。哪怕一天只说一句话，说一个月或两个月都好。跟我一起去旅行吧。若仍是寻不到活着的目标，不，即使如此也不能独自去死。到那时，就和我、和大家一起死吧。遭遗弃之人太过可怜。君可知，弃民之爱深几许。

K 就是这样在活着。

今年晚秋，我戴一顶格子纹的鸭舌帽去找 K。口哨吹响三次，K 才从屋后的栅栏门悄悄探出身子。

“要多少?”

“不是要钱。”

K 盯着我的脸:“想去死?”

“嗯。”

K 轻轻咬了咬下唇。

“似乎每年这时候,你都会熬不下去呢。冷不冷？没有大衣吗？哎呀，居然光着脚。”

“现在流行光着脚。”

“这是听谁说的?”

我叹口气:“没人这样说过。”

K 也小小地叹了口气:“这样说的人，不是好人。”

我笑了，“我想和 K 一起去旅行。”

K 郑重地颔首。

我就知道，K 会带我去旅行的。她不会让这个孩子去死。

半夜，我们乘上火车。待火车开出站台，K 和我终于松了口气。

“小说怎么样了?”

“写不出来。”

黑暗中，只有火车的声音。咔嗒嗒，咔嗒嗒，咔嗒嗒嗒。

“要烟吗?”

K从手包里依次取出三种外国烟。

我曾写过这样一篇小说。死意已决的主人公在生命的最后一刻尝了一支醇香的外国烟，那隐约的快乐让他打消了自杀的念头。K也知道这个故事。

我脸红了，但还是端着架子，装模作样地依次品尝了那三种烟。

到了横滨，K买来三明治。

“你不吃吗?”

K故意狼吞虎咽地吃给我看。

我也放松下来，拿起一块大快朵颐。三明治很咸。

“我觉得，自己的只言片语会令人们痛苦，会令他们无端地痛苦。也许我沉默着微笑才是最好的。可是，我是个作家，作家不说话就无法生存。为此我苦恼不已。我甚至不能好好欣赏一朵花。那朦胧的花香总让我按捺不住，我总会像狂风一样将花儿折断，捧在掌中，撕碎花瓣，揉成一团。我忍不住流泪，将花瓣按在唇间，嚼得稀烂，放在木屐下践踏。我对自己无能为力，想杀掉自己。我或许不能称之为人。近来，我一直这么觉得。我莫不是撒旦吧？杀生石。毒蘑菇。别说我是吉田御殿[①]，毕竟我是个男人。”

“谁知道呢。”K板起面孔。

“K，你恨我。恨我的八面玲珑。哦，我懂了。你相信我是坚强的，

---

① 吉田御殿：日本历史人物。日本民间流传“吉田御殿”的故事，以吉田为女主角，描述吉田勾引美男子到御殿，玩弄他们，最后加以毒杀的故事。

高估了我的才能。可是，你并不了解我那不为人知的努力。就像剥藠头，一层层剥到最后，内核却空无一物。可我还相信，一定会剥出些什么，于是又拿起另外一只，剥来剥去又是一场空。这种猴子捞月的悲伤有谁明白？见一个爱一个的人，其实谁都不爱。”

K拽了拽我的衣袖。我的声音在人群中很是突兀。

我笑笑：“我的宿命就在其中。”

在汤河源，我们下了车。

“说自己一无所有，是骗人的。”K换上旅馆的棉袍，说道，“你看，这件棉袍的布纹，这种蓝色条纹多漂亮啊。”

“是啊。”我很疲倦，“你是在说藠头的事？”

“嗯。”K换好衣服，默默坐在我身旁，“你不相信现在。但你可相信瞬间？”

K如少女般天真地笑着，盯着我的脸。

“瞬间，不是谁的罪过，也没有任何人的责任。这我明白。”我像老爷一样端坐于坐垫上，双臂抱在胸前，“但于我而言，瞬间不足以成为生命的喜悦，我只相信死亡那一瞬间的纯粹。而喜悦的瞬间……”

“你害怕喜悦瞬间之后要承担的责任？”K喃喃道。

“实在是无法收场。烟花会在瞬间消散，肉体却不能。即使死去却依然丑陋地留在世上。若是见到美丽极光的瞬间，肉体也随之燃烧，烧得干净才好。事实却并非如此。”

“你可真坏。”

“啊，我已经厌倦了言语。随你怎么说吧。有关瞬间的问题，去问瞬间主义者好了。他们会手把手地为你解答。众人都对自己的手艺洋洋自得，都在为人生调味。是选择活在回忆中，还是献身于瞬间，或者——活在对未来的憧憬里，人人不同。但正是这些不同的选择，让人有了愚笨与灵巧之分。”

“你怎么这么傻。”

“饶了我吧，K。我不傻，也不聪明。我们比这些都要糟。”

“那我们是什么？”

“中产阶级。”

并且，是落魄的中产阶级。我们只活在罪恶的回忆里。语罢，二人兴致索然，匆匆起身拿了毛巾，去了楼下的大浴场。

过去，未来，都不可说。我与K沉默着立下坚定的誓言，踏上这旅程——我们只有眼下这一刻，这饱含感情的一刻。家里的事情不可说，身上的痛苦不可说，对明日的畏惧不可说，对人世的疑惑不可说，昨日之耻不可说。至少，在眼下这一刻，就算只有这一刻，让我们拥有这静谧时光。我们在心中默默祈祷着，静静用水洗净身体。

“K，你看我肚子这里，有个伤疤，这是盲肠手术留下的。”

K像个母亲一般温柔地笑了。

“K的腿很长，可你看，我的腿是不是更长？一般的裤子我都穿不下。真是个干什么都麻烦的男人。”

K注视着一扇黑暗里的窗，道：“哎，你说这世上，有没有好的坏事？”

“好的坏事？”我呆呆地跟着重复。

“下雨了吗？”K侧耳聆听。

“是山谷里的小河。就从这浴场下流过。到了早晨，浴场的窗外红叶一片。高耸的大山近在眼前，很是让人吃惊。”

“你常来吗?”

“不，只来过一次。”

“来寻死。”

“对。”

“那次在这一带游玩了吗?”

“没有。”

“今晚呢?”K 故意问道。

我笑了，“什么嘛。这就是 K 所说的好的坏事啊? 哎呀，我还没……”

“还没什么?”

我下定决心，“我以为你想和我一起去死。”

“这个嘛，”这次轮到 K 笑了，“也有坏的好事啊。”

我们慢慢走上浴场那条长长的阶梯，每走一级，都在心中默念:“好的坏事、坏的好事、好的坏事、坏的好事、好的坏事、坏的好事……”

最后，我们叫来一位艺人。

“若我们两人独处，会有殉情的危险。今晚请你不要睡，看好我们两个。要是死神来了，就把它赶跑。”K 一本正经地说道。

“我明白了。若有万一，我们三个就一起殉情吧。”艺人回答。

我们做起了游戏。点燃纸捻，在火熄灭前说出规定之物的名字，再把纸捻交给下一个人。

“开始！完全没用的东西。”

“坏掉一只的木屐。”

“走不动的马。”

“断掉的三弦琴。”

“拍不出相片的照相机。”

“不亮的电灯。”

“飞不起来的飞机。”

“还有……”

“快说，快说。”

“真相。”

“嗯?”

“真相。”

“真是够蠢。那，忍耐。”

“这个不好想啊……辛苦。”

“进取心。”

“颓废。”

“前天的天气。”

“我。”K 说。

“我。”

“那，我也一样——我。”火光熄灭，艺人输了。

“这个本来就很难啊。”艺人彻底放松下来。

“K，你一派胡言乱语。居然说真相、进取心、还有你自己都毫无用处，你是开玩笑的吧？像我这种男人，只要还有一口气在，都还想活得漂亮些。K 真是个笨蛋。”

“你请回吧。”K 也较起真来。“你想让大家都看到你的一本正经和你一本正经的痛苦吗?”

艺人不再美丽。

“我走,我这就回东京去。你给我钱,我这就走。”我站起来,脱下棉袍。

K望着我的脸，继而哭了出来。她哭了，尽管脸上还残留着方才的笑容。

我不想回去。可是没人阻止我。好吧，死吧，去死吧。我换上和服，穿上布袜。

走出旅馆。奔跑。

我在桥上停下来,看着山谷中的白色河流。我想,自己是个笨蛋。笨蛋,笨蛋。

“对不起。”不知何时，K已静静站在我身后。

“就算同情，也要有个限度。”我哭了。

回到旅馆，屋里已铺好两张床铺。我服下一剂巴比妥，不一会儿便假装已经入睡。片刻后，K悄悄起身，也服下一剂。

翌日，我们昏昏沉沉地一直躺到晌午时分。K先起床，推开一扇走廊的木板套窗。外面在下雨。

我也起床，没与K说话，独自下了浴场。

昨晚是昨晚。昨晚的事已经过去——我拼命说服自己，在宽敞的浴场里游来游去。

走出浴堂，我推开窗，俯视脚下蜿蜒而过的白色河流。

一直手忽然放在我背上。回过身，是赤身裸体的K。

“鹡鸰。”K手指的方向，一只小鸟在河岸岩石上跳动，“竟有诗人说鹡鸰像拐杖，真是一派胡言。鹡鸰要厉害得多，勇敢得多，根本不会把人放在眼里。”

我也这样想。

K 将身子滑进浴缸，“红叶真是好美的花。”

“昨晚——”我吞吞吐吐。

“睡好了吗？”K 天真地问道，眼神像湖水一般清澈。

我“扑通”跳进浴缸，“只要 K 还活着，我就不寻死。好吗？”

“中产阶级不好吗？”

“我觉得不好。寂寞、苦恼、感激都是中产阶级的爱好。他们自以为是，只靠面子活着。”

“只在意别人的传闻，”K 哗地走出浴缸，迅速擦着身子，“是因为那里有自己的肉体吧。”

“富人上天堂——”玩笑开到一半，啪地吃了一鞭。

“常人的幸福对我们来说，似乎很难拥有。”

K 在沙龙里喝着红茶。

许是下雨的缘故，沙龙里很是热闹。

“希望这次旅行平平安安。”我在可眺望远山的窗边的椅子上，与 K 并肩而坐，“我送你件礼物吧。”

“十字架。”话语喃喃的 K，颈子是那样细长，看上去那样柔弱。

“来杯牛奶。”我吩咐女服务员，“你还在生气吗？都怪我昨晚乱说什么要回去。其实那只是做戏啦。我——也许着了舞台的魔。若有一天不装腔作势一番，就悒悒不乐，觉得活不下去。即使现在坐在这里，我也在一味地装腔作势。”

“恋爱时也是这样？”

“曾有过因在意自己袜子上的破洞而失恋的夜晚。”

“哎，那你觉得我的脸怎么样?”K 认真地把脸靠了过来。

“什么怎么样?”我皱起眉。

“美吗?”她像个陌生人一样问我，“看起来年轻吗?”

我几乎想揍她一顿。

“K，你这么寂寞? K，你记住，你是贤妻良母，而我是不良少年、人之渣滓。”

“只有你……”正说着，女服务生端来牛奶，“好的，谢谢。”

“痛苦，是人的自由。”我啜着热牛奶说道，“快乐，也是人的自由。”

“然而，我却是不自由的。无论怎样解读，都不自由。”

我深深叹息，“K，身后有五六个男人。你喜欢哪个?”

四个类似旅店职员的年轻男子在打麻将，还有两个中年男子一边喝威士忌苏打一边看报。

“中间那个。”K 眺望着擦过远山面庞的云雾，缓缓说道。

我回头看去，不知何时，有位青年站在沙龙正中间，手揣在怀里，凝视着沙龙入口右侧的菊花插花。

“菊花很难插好的。”K 在插花界的某个流派中声望很高。

“啊，这人好面熟。他的侧脸和晶助哥简直一模一样啊！哈姆雷特。”

我的那位兄长死于二十七岁，雕刻的手艺很好。

“我本来就不认识那么多男人嘛。”K 害羞起来。

号外。

女服务生将号外一份份地发到每个人手上——今天是事变以来的第八十九天。

上海已成全面包围之势。敌人溃不成军，全线撤退。

K瞥了一眼内容，“你呢?”

“我是丙种[①]。”

“我倒是甲种。”K笑得很大声，让我吃了一惊，“我可没有在看山。我在看雨滴垂在眼前的形状。你看，每一滴都有独特的个性。有的大大咧咧，‘噗’地坠落；有的急匆匆，垂下瘦瘦的雨线；也有的自命不凡，‘乒’地高声落地；还有的百无聊赖，随风飘落……”

K与我都疲惫不堪。那日我们从汤河原出发，抵达热海时，街道已被暮霭包裹，万家灯火相继点亮，让人心中惶然不安。

来到旅馆，我们打算散步到晚饭时分，便问店家借来两把番伞[②]，去了海边。下着雨的海面，海浪慵懒地翻滚，不时溅起冰凉的水沫，给人冷淡、敷衍之感。

回望身后的小镇，唯见灯烛点点。

“我小时候，”K停下脚步说，“曾用针在明信片上戳出很多小洞，透过油灯灯光一看，明信片上的小洋楼、森林、军舰都披上了美丽的霓虹——你还记得吗?”

“这样的风景，”我故作糊涂，“我在幻灯片上看过。当时大家都看呆了。”

我们沿着海岸线缓缓前行，“好冷。泡过温泉再出来就好了。”

“此生，我们别无所求了吧。”

“嗯，爸爸给了我们一切。”

---

① 丙种：日军基本战斗单位“师团”按战斗力高低分为甲乙丙丁四种。

② 番伞：把厚油纸贴在粗竹伞骨架上制成的日常使用的结实日本伞。

“你那份想寻死的心情——”K斜着眼睛擦去脚上的泥土，“我懂。”

“我们，”此刻的我，天真得像个十二三岁的少年，“为何不能凭一己之力生活呢。哪怕出海打鱼也好。”

“不会有人允许我们这样做的。大家都对我们太好，好得几乎让我们为难。”

“是啊，K。其实我，想做些非常庸俗的事情。但大家总会笑我——”我的目光停在一个钓鱼人的身上，“我想，一辈子做个钓鱼人，像个白痴一样生活。”

“你做不到的。你太容易理解鱼的心情。”

我们都笑了。

“你应该也知道吧？我就是撒旦。被我爱上的人，全都没有好下场。”

“我可不这样认为。并没有谁恨你。你不过是喜欢假装坏人。”

“我很天真么？”

“嗯，就像阿宫 一样。”路边立着金色夜叉的石碑。

“我们来说说最单纯的事吧。K，你听好，我可是认真的。请把我——”

“别说了！我知道你要说什么。”

“真的吗？”

“我什么都知道。我还知道，我是父亲情妇所生。”

“K，我们——”

“啊，危险！”K挡在我身前。

K手中的伞被巴士的车轮碾过，噼啪作响。接着，K的身体也被拉到车轮下，就好像跳进泳池一般，“嗖”地划出一条白色直线。车轮像朵花，转个不停。

“停车！停车！”

我像是被人当头一棒，激怒不止。我抬起脚，用力踢向好容易停下的车子侧腹。K伏在车下，像一朵被雨打湿的桔梗花。这个女人真是不幸。

“谁都不许碰她！”我抱起失去意识的K，放声大哭。

我把K背到附近的医院，K一直用微弱的声音哭着说，好疼，好疼。

K在医院住了两天，家人们驱车赶来，她与他们一同乘车回了家。而我独自坐火车返回。

K似乎伤得不重，身体日渐好转。

三天前，我去新桥办事，回来时在银座走了走。在某家店的装饰窗里，偶然看到一只银色的十字架。我走到店内，买下的却不是银色十字架，而是架子上的一枚青铜戒指。那一晚，我的口袋里只有从杂志社领来的一点钱。那枚青铜戒指上镶着一朵用黄色石头雕的水仙花。我把它送给了K。

作为回礼，K寄给我一张她今年满三岁的长女的相片。今早我收到了它。

雪夜的故事

那天，一早就开始下雪。给侄女小鹤的裙裤已经做好，我下学后便把它送到了中野的叔母家。叔母给了我两片鱿鱼干当做礼物。在吉祥寺站下车时，天色已暗，雪已积了一尺多深，而雪仍毫不停歇地静静落下。我因穿了长靴，心情反而很是兴奋，专挑雪积得厚的地方走。直到走到家附近的邮筒旁，才发现用报纸包好夹在腋下的鱿鱼干不见了。我虽是个不拘小节之人，却也几乎没弄丢过东西。或许是那晚我太过兴奋，在雪地里大步流星，才弄丢了鱿鱼干。我感到很沮丧。说来惭愧，为一包鱿鱼干垂头丧气，未免太过庸俗。但那鱿鱼干是我想拿去给嫂子的。嫂子今年夏天要生小孩了。她说肚子里怀了孩子，就总觉得饿。大概是有了孩子，就得吃两人份的东西吧。嫂子和我不同，是个有教养的文雅之人,以前的饭量真是像金丝雀一样少,也从不吃零食。但最近常说肚子饿，觉得很丢脸，想吃些不一样的东西。记得前几天她和我一起收拾晚饭后的碗筷时，还小声叹息着：“啊，嘴里好苦，真想含片鱿鱼干。”那天中野的叔母碰巧给了两片鱿鱼干，我高兴地收下，本打算偷偷把它们送给嫂子，没想到竟然丢在半路，让我沮丧无比。

众所周知，我与哥哥嫂嫂一同生活。哥哥是个脾气古怪的小说家，年届四十却仍未成名，常缺钱花，动不动就称身体不适，卧病在床。但偏偏又嘴不饶人，总是絮絮叨叨地对我们指手画脚，加以责骂。只有嘴上功夫，对于家务事，从不动手。为此，嫂子连男人干的力气活也要一并承担，十分可怜。一天，我愤愤不平地说道：

“哥，你偶尔也背包去买买菜。别人家做丈夫的基本都会干这些事。”

谁知，哥哥听了很是恼火。

“你这笨蛋！我不是那么庸俗的男人。你和贵子（嫂子的名字）都给我听好，就算我们全家饿死，我也不会去做买菜那种寒酸的事。你们就死了这条心吧，这是我最后的骄傲！”

能有如此雄心壮志，可真是了得。但哥哥誓死不愿买菜，究竟是为国忧思，憎恨采购大军，还是懒得出门呢？答案不得而知。我父母皆为东京人，由于父亲常年在东北的山形办事处工作，哥哥与我都在山形出生。父亲在山形去世时，哥哥二十来岁，我还只是个小孩。母亲背着我，我们三人回到东京。前几年，母亲也过世了，家里就只剩下哥哥嫂嫂和我三个人。我们没有所谓的故乡，所以不像其他人家，能吃到从故乡捎来的菜。哥哥又是个怪人，完全不与邻居朋友来往，我们也从不会意外地“得到”什么珍奇之物。能送给嫂子两块鱿鱼片，我就兴奋不已。虽然太过庸俗，可弄丢了这两块鱿鱼干，我很是心疼，连忙转身，沿着来路在积雪中仔细寻找。可是，怎么可能找到？在白茫茫的雪地里找一个白色的报纸包本就绝非易事，何况雪还在下个不停。我一路找回吉祥寺车站附近，地上连块小石子都看不到。我叹口气，重新打起伞，仰望阴沉的夜空。雪狂乱地舞着，天空中像是有数百万只萤火虫在飞舞，真美！道路两旁的树木披上了厚厚的雪，树枝不堪重负，低垂着腰，不时像叹息般颤动着身子。眼前一切宛如童话中的场景，我把鱿鱼片的事抛在脑后。猛然间，我心中灵光闪现：就把这片美丽的雪景送给嫂子吧！这礼物比鱿鱼片不知要好上多少倍。总是惦记着吃的，真是寒酸，着实让人难为情。

记不得是什么时候，哥哥告诉我，人的眼球可以储存风景。盯着灯泡看上一会，闭上眼睛，灯泡的影像便清清楚楚地浮现在眼睑上。后来，哥哥又讲了一个曾经发生在丹麦的小小的传奇故事。哥哥的话大多是胡扯，不可多信。可唯独这个故事，即使从头到尾都是他一手捏造，我依旧觉得动人。

从前，丹麦的某位医生解剖一位遇难水手的尸体。他用显微镜观察水手的眼球，发现其眼角膜上映着一副合家团圆的美好景象。医生把这件事讲给一位朋友听，这位朋友是个小说家，立刻对这不可思议的现象作出了解释。那位年轻的水手遇难后，抑或被怒涛卷走，冲到岸上时，死死抓住了一座灯塔的窗棂。他喜出望外，正欲大声呼救时，忽然瞥见了窗户内的情景。看守灯塔的一家人正专心地准备着甜蜜的晚餐。哦，不行，若是现在大喊救命，这一家团聚的美好时光就会被破坏。水手紧握灯塔窗棂的手指渐渐没了力气，大浪忽地卷来，将水手的身体拉回大海。是的，这位水手就是世界上最温柔、最高尚的人。听了小说家的解释，医生也大为赞同，他们郑重地将水手的尸体掩埋。

我相信这个故事。即使从科学角度看来，这是不可能的，我依然愿意相信它。那个飘雪的夜晚，我突然想到了它，打算将那美丽的雪景存放在我的眼底，对家中的嫂子说：

“嫂子，你看看我的眼睛。肚子里的孩子会变漂亮哦。”

几天前嫂子还对哥哥说：“能不能在我屋里的墙上贴些漂亮的人物像啊？我每天看着他们，就会生出个漂亮的宝宝。”

她笑着拜托哥哥，而哥哥也慎重地点头道：“嗯。胎教啊。这很重要。”

之后，他倒是像煞有介事地在墙上贴了孙次郎[①]艳丽的能面[②]照片，

---

① 孙次郎：此处指室町时代金刚家的祖先金刚右京久次创作的能面面具，传达出他对亡故妻子的思念之情，面具美轮美奂，楚楚动人。是金刚流的代表性面具。

② 能面：日本能乐表演所用的面具，通过面具表情和演员形体动作来暗示故事的实质。

和雪之小面[1]悲惨的能面照片。但随即又将一张自己愁眉苦脸的照片贴在两张能面照的正中央，实是令人无话可说。

“拜托了，把你的那张照片取下来吧。看到那照片，我心里很不痛快。”一向温和的嫂子也终于无法忍受，再三恳求，哥哥才总算把自己的照片取了下来。若真是每天望着他的照片，生出的孩子一定尖嘴猴腮。哥哥长着那样一张古怪的脸，莫非还觉得自己是一介美男子吗？真是个呆子。如今嫂子为了肚子里的孩子，一心想要看到世上最美丽的事物。比起送给她鱿鱼干之类的土产，我若能让嫂子见到映在我眼底的这片雪景，她不知道要高兴多少倍，不，是数十倍。

于是我放弃寻找鱿鱼干，往家中走去。一路上，我尽可能地将四周美丽的雪景尽收眼底。不止如此，我甚至希望这片纯白的风景能住进自己的心房。回到家中，我立刻对嫂子说：“嫂子，你看看我的眼睛。我的眼睛里映了无数迷人的风景。”

“什么？你怎么了？”嫂子站在我面前笑着，把手搭在我肩上，“你的眼睛，到底怎么了？”

“哥哥以前不是说过吗？刚刚看到的风景会完好地保留在人的眼底。”

“孩子他爸说的那些啊，我早就忘了。他总是瞎说。”

“可是他说的这个却是真的。他说的故事里，我只相信这一个。所以，嫂子，看看我的眼睛吧。刚才我在外面，看了好多好多美丽的雪景呢！来，看看我的眼睛。你一定会生一个肤光胜雪的漂亮宝宝！”

嫂子露出悲伤的神情，默默看着我的脸。

“喂。”

---

① 雪之小面：能乐面具之一。“小”为可爱、年轻之意。小面为年轻女性的面具。

这时，哥哥从隔壁六张榻榻米大小的房间走出来，“与其看瞬子（我的名字）那双无神的眼睛，倒不如来看我的眼睛，效果要强上百倍呢。”

“为什么?”

我恨起哥哥来，恨不得打他一拳。

“嫂子可是说过，看到哥哥的眼睛，心里就不舒服!”

“那可未必。我这双眼睛可是看了二十年美丽雪景的眼睛。二十岁之前我都住在山形[①]。瞬子还未记事就搬到了东京，根本没见过山形那壮观的雪景，所以东京下了这么点雪，就少见多怪起来。我的眼睛看过的雪景不计其数,比眼前的要强上千百倍。再怎样也比瞬子的眼睛见识广博。”

我心有不甘，气得想哭。这时，嫂子来帮我打圆场了。她面带微笑静静地说：

“孩子他爸的眼睛虽说看过成百上千的美丽风光，却也看过成百上千的肮脏之物啊。”

“对啊,对啊。优点很多,缺点更多。所以眼珠子才昏黄污浊。嘿嘿!”

“胡说八道。”

哥哥把脸一板，钻回了六张榻榻米大小的隔壁房间。

① 山形：山形县位于日本东北地区，冬季多雪。

美男子与香烟

过往岁月，我抱着独自战斗的想法一路走来。如今却觉得自己随时可能败下阵来，愈发难以克制心中的惶恐不安。但我仍不愿向自己看不起的人低头认错，请求他们与我成为朋友。故此，我唯有独自一人，喝着劣等的酒，将属于自己的战斗继续下去。

我的战斗——用一句话来说明，即与因循守旧者间的战斗。与人们司空见惯的装腔作势战斗；与显而易见的阿谀奉承战斗；与寒酸之物、心胸狭隘的人战斗。

我敢对耶和华起誓，为了战斗，我已经赌上了自己的全部。即使如此，我依旧落得孑然一身、嗜酒如命的下场。事到如今，似乎已到穷途末路。

因循守旧之人皆心术不正。他们厚颜无耻地把陈腐不堪的文学论、艺术论摆上台面大肆讨论，用那些陈旧的理论践踏努力生长的幼苗，且丝毫意识不到自己种下的恶果，着实令人佩服。任凭风吹雨打，他们自是岿然不动。他们不过是群看重性命、看重钱财，渴望出人头地、博得妻儿欢心的人。为此，他们拉帮结派，相互吹捧，团结一致欺侮势单力薄之人。

我已走投无路。

前几日，我在某处喝浊酒时，走来三个年长的文学家。明明与他们毫不相识，他们却一下子把我围住，醉醺醺地对我的小说评头论足，那观点简直驴唇不对马嘴。我这人无论喝得多醉，也不愿酒后失态。对于他们的评论，我笑着当做耳旁风，回家后吃着迟来的晚饭，委屈得不得了，不觉呜咽出声，渐渐不能自已，把碗筷都丢到一旁。对伺候自己吃饭的老婆“呜呜”地哭诉：“他们，他们……我呕心沥血地写作，大家……却把我的书看作轻浮之作……那几个人是我的前辈，比我大十多岁，甚至二十多岁，但他们一齐否定我……他们卑鄙、狡猾……不管了，不想那么多了，我也要公然批评那些前辈，我要和他们斗争……他们未免太过分了。”

我不停地念叨，越哭越凶，妻子也吓呆了，说着“去睡觉吧”，把我带到床边。我倒在床上，委屈地抽泣不已。

啊。活着真是让人厌烦。而男人尤其活得痛苦、悲哀。男人的一生时时在战斗，而且不容许失败。

痛哭过后几日，某杂志社的一位年轻记者来找我，对我说了一番奇怪的话。

“您想不想去看看上野的流浪汉？”

“流浪汉？”

“是的，我们想拍一组您和流浪汉的合照。”

“我与流浪汉的合照？”

“正是。”

记者平静地回答。

这种事情，为何非找我不可？提到太宰，便想到流浪汉。提到流浪汉，便想到太宰——我与流浪汉之间有这样的因果关系吗？

“走吧。”

被逼到想哭时，我反而会条件反射般地与对方对峙。这似乎是我的一种癖好。

我立刻起身换上西装，催促着那位年轻记者，走出了家门。

那是个冬日的寒冷早晨。我用手擦拭着鼻涕，默默行走，心情沉重。

我们在三鹰站乘省线列车至东京站，又换乘市内电车。年轻记者先带我来到杂志社总部，在会客室落座后，立刻招待我喝威士忌。

杂志社总部想必以为太宰是胆小之人，若不借威士忌壮胆，一定无法与流浪汉自如交谈，所以才特地好意招待我喝酒。但老实说，这威士忌的味道实在诡异。我决非自命清高，这辈子我喝过无数稀奇古怪的酒，可这种味道的威士忌还是头一遭尝到。酒瓶上贴着高价的标签，瓶身做工也很考究，里面的酒却混浊不清，称得上是威士忌中的浊米酒了。

不过，我还是把酒喝了，喝得津津有味。不仅如此，还向聚到会客室里的记者们劝酒。但他们都只笑笑，并没有人喝。据我所知，这些记者大多嗜酒如命，但他们却都不喝。看来，就连酒中豪杰也对这威士忌中的浊米酒敬而远之。

只有我一人喝得醉醺醺，我笑嘻嘻地对他们说："你们不喝一杯，太失敬了吧？连你们自己都不喝的东西却拿来招待客人，岂不是太过分了吗？"

记者们意识到，太宰已经喝醉，趁着他还未清醒，得赶快让他与流浪汉碰面。俗话说，切莫错失良机，他们立刻把我带上车，开到上野站，领我来到被称为流浪汉老巢的地下通道。

不过，记者们如此周详的计划似乎也算不上有多成功。走下通道后，我旁若无物，只是直直往前。在临近地下通道的出口处，有四个少年在一个卖烤鸡肉串的小摊前吸烟。见此情景，我很是反感，便走过去对他们说：

“别再抽烟了。抽烟只会让肚子更饿。不许抽烟。要是想吃鸡肉串，我买给你们。”

少年们干脆利落地扔下抽了一半的烟，不过是一群十岁左右的孩子。我不禁对他们生出深深的怜悯，对烤肉摊的老板说：“喂，给这些孩子们一人一串。”

这样算不算是在行善？真让人受不了。我兀地想起某句瓦雷里说过的话，内心感到更加不堪。

若在常人眼中，我那时的行为还有半点温柔可言，则无论瓦雷里怎样蔑视我，我也没有怨言。

瓦雷里曾说——行善的同时，需得心存歉意。因为这世上没有什么比善意更为伤人。

我患了伤风般，心情沉重。我拱起脊背，阔步走出地下通道。

四五位记者追在我的身后：“您感受如何？像地狱一样吧？”

另一人附和：“总之，完全像是另一个世界吧？”

又有一位追问：“您是不是很吃惊？有什么感想吗？”

我笑出了声：“像地狱？怎么可能。我一点也不吃惊。”

我朝上野公园走去，边走边说，话渐渐多了起来：

“其实，一路上我什么都没看到。我只是想着自己的痛苦，径直往前走，快步穿过了地下通道。但是现在，我明白你们为何特意选我去走这条地下通道了：一定是因为我是个美男子。”

所有人都大笑不止。

“不，我不是在开玩笑。也许你们没注意到。尽管我一路直行，还是发现那些躺在阴暗角落里的流浪汉几乎全是容貌端正的俊美男子。也就是说，美男子比别人更有可能沦落到地下通道。像你这样肤色白皙的美男子也很危险，要小心点哦，我也会小心的。”

又爆出一阵大笑。

骄傲自大、自以为是，人们总是如此。猛然觉醒时，自己已经躺在地下通道的角落里，甚至不再算是个人。我径直走过地下通道时，切实体会到这种毛骨悚然。

“除了‘美男子’，您还有什么别的发现吗?”

“还发现了香烟。似乎看不到那些美男子有喝醉的，但他们大都抽烟。香烟也并不便宜。若是有钱买烟，应该也能买得起一张席子或一双木屐吧。他们蜷缩在水泥地上，赤着双脚，嘴里却吞云吐雾。人啊，不，现在的人啊，就是坠入万丈深渊、赤身裸体，也做不到不抽烟。我并非指责别人，这话在我身上也同样适用。我的确有在那里生活的潜质，这一发现又为这潜质增加了一分可能。”

我们走到上野公园前面的广场。方才的四位少年此刻沐浴在冬日正午的阳光下，尽情嬉闹着。我摇摇晃晃，自然而然地向那群少年走去。

“对，就这样。”

一位记者把照相机对准我大喊，“咔嚓”一声拍下了照片。

“这次笑一笑!”

那记者紧盯镜头，又喊了一句。少年中的一人看了看我，笑着说：

“这样面对面地看着，真是好笑。”

我也被他逗笑了。

天使从空中飞过，听从神的旨意隐去双翅，像乘着降落伞一般飘落到世界的各个角落。我落在北国的雪原，你落在南国的蜜柑田，而这群少年落在了上野公园。我们之间的差别仅仅如此。少年们啊，无论你们今后度过多少岁月，都请不要介意自己的容貌，不要吸食香烟，若非节日，也别喝酒。长大后，请多加爱惜那性格内向、不爱浓妆的姑娘。

后　记

后来，记者将这次出行的照片寄给我。除了我与流浪儿相视而笑的照片，另有一张姿势古怪的照片里，我蹲在流浪儿身前，抓起一个孩子的脚。若这张照片日后上了杂志，不免招致人们的误解，认为太宰矫揉造作，故意装出《约翰福音》中基督为弟子洗脚的模样。故需在此说明，我只是好奇，想看看赤脚走路的孩子的脚底板是何样子，才做出如此举动。

再说件好笑的事吧。收到这两张照片后，我叫来妻子，告诉她："这就是上野的流浪汉。"

妻子认真地对着照片感叹："哈，原来流浪汉就是这个样子啊?"

我随着她的目光看去，不禁大吃一惊：

"你瞎看个什么劲啊，那个人是我！是你老公！流浪汉是我旁边那位。"

妻子平素性格极为认真，不是会开玩笑的女人。看样子她是真的把照片上的我当做流浪汉了。

奔跑吧！梅勒斯

梅勒斯勃然大怒，决心除掉昏庸暴虐的国王。

梅勒斯不懂什么政治，他只是一个出身乡野的牧民，平日里吹着笛子，同羊群嬉戏过活，但他却比任何人都憎恨邪恶。

这日，天尚未明，梅勒斯便从村庄出发，跋山涉水，好容易来到这八十里外的希拉库斯城。梅勒斯无父无母，又尚未娶妻，与十六岁、性格内向的妹妹相依为命。妹妹最近订了亲事，要嫁给村里一个老实的牧人。婚期将近，为此，梅勒斯特地进城来置办妹妹的嫁衣和喜宴的酒菜。

梅勒斯买齐东西后，便在城内的大街上信步而行。他有一位总角之交，叫塞伦提乌斯，眼下这位好友正在希拉库斯城里做石匠。两人久未见面，梅勒斯想顺道去看望他，他满心期待，可是走着走着发现城内的情形有异。四处一片肃静。日已西沉，城内一片昏暗，自然比不得白天的繁华，然而，整座城市如死一般寂静，却并非全因入夜所致。优哉游哉的梅勒斯也渐感不安，他拉住擦肩而过的几位年轻人，问询道："发生了何事？两年前我来此地，即使入夜，大家仍会引吭高歌，街上热闹非凡啊！"年轻人个个摇头离去。又走一阵，遇到一位老人，这次他加重语气询问，老人同样没有回答。梅勒斯不禁摇晃老人的身子，又问一遍。老人谨慎四顾，方才低声吐出几个字：

"国王陛下要杀人。"

"为何要杀人？"

"他认定有人怀抱作乱之心，但其实所有人都没有那种想法。"

"他杀了很多人吗？"

“是的，最先是国王陛下的妹婿，跟着是陛下自己的儿子，接下来是他妹妹、妹妹的孩子，再然后是皇后陛下，还有贤臣阿莱吉斯大人。”

“太可怕了。国王是不是疯了！”

“不，他没有疯，他只是无法信任别人。近日他开始怀疑大臣不忠，但凡过得宽裕之人，他就要求其家族交出一名人质。如有抗命就会被钉死在十字架上。今天已经处死六人了。”

听完这席话，梅勒斯勃然大怒：“国王暴行令人愤慨，我绝不能容他再活在世上！”

梅勒斯是个想法单纯的小伙子，身上还背着买来的东西，径自慢吞吞地步入王城，不久便被巡逻的卫兵拿下。卫兵们从他怀中搜出一把匕首，立时引发轩然大波。梅勒斯随后被押到国王面前。

“你想用这把匕首做什么？说！”暴君迪奥尼斯用沉静却不失威严的语气斥问道。国王面色苍白，眉间皱纹深布，如同刻痕一般。

“我要把这城市从暴君手中解救出来。”梅勒斯坦然答道。

“就凭你？”国王嘴角浮起一丝冷笑，“自不量力。像你这种人，根本无法理解我的孤独。”

“住口！”梅勒斯愤怒地反驳，“怀疑别人原本就是最可耻的行径。身为国王，竟然连臣民的忠诚都要怀疑！”

“怀疑是正当的心理防备——这正是你们教会我的。人心难测啊。人类原本就是私欲的化身，绝对相信不得。”暴君用平静的语调喃喃道，言罢又轻叹一声，“其实，我也同样期望和平。”

“什么和平，能保住你王位的和平？”这次轮到梅勒斯嘲笑国王了，“处死无罪之人，这算是什么和平！”

“住嘴，贱民！”国王猛然抬头怒视着他，“你的说辞太冠冕堂皇。我固然无法看穿人心，也不会听信花言巧语。你也一样，我现在就将你处以极刑，任你如何求饶，我都不会听信。”

“哈哈，国王真是英明！您就继续陶醉在美梦里吧。我早就抱定了必死的决心，断不会做那种求饶之事。只是——”说到一半，梅勒斯的视线忽然垂至脚边，迟疑之后，接着道，“只是，如果对我尚存一丝怜悯之心，处刑前请给我三天时间。我想亲自为我唯一的妹妹操办婚事。三天之内，我回村办完婚礼，一定会返回此地。”

“痴人说梦。”暴君用喑哑的嗓音轻笑道，“为了脱罪竟编出这等谎言。逃走的小鸟岂有飞回来之理？”

“我会回来的。”梅勒斯拼死坚持，“我会信守承诺。请给我三天时间。我妹妹正盼着我回去。若是无法相信我，那么好吧，这城里有名石匠叫做塞伦提乌斯，他是我最好的朋友，他可以作为人质扣押在此。如果我逃走，在第三天黄昏前赶不回来，就请绞死我那位朋友。恳请您答应！”

听完这番话，国王邪念顿起，不禁心中窃笑。此人满口大话，反正他铁定不会回来送死，我姑且佯装上当，放他回去，倒是挺有趣。等到第三天再名正言顺处死那个替身之人，那是何等享受。我以悲伤的心情将他朋友处以极刑，借以证明人的不可信。我要让世上所有自命诚实的家伙看个清楚。

“我允诺。你这就去把那替身叫来。第三天日落之前，你必须回来。如若晚归，我定会处死那个替身。所以你不妨晚归，如此，你所犯之罪就能永远地豁免了。”

“什么……你在说什么呀！”

“哈哈，倘若你珍惜自身性命的话，那就晚些来吧。我知道你在想什么。”

梅勒斯气得跺足捶胸，什么话也不愿再说。

总角之交塞伦提乌斯深夜被召进王城，这对多年未见的至交好友在暴君迪奥尼斯的面前重逢。梅勒斯将事情的始末都说与好友知晓，塞伦提乌斯默然点头，紧紧抱住梅勒斯。君子之交，如此足矣。塞伦提乌斯随即被捆绑起来，梅勒斯则连夜起程。

时值初夏，漫天繁星密布。那天夜里，梅勒斯心急火燎，马不停蹄赶了八十里路。待回到村里，已是次日上午。日上三竿，村民们都在户外劳作。梅勒斯十六岁的妹妹，今天也代替哥哥在外牧羊，见到蹒跚而来的哥哥疲惫不堪的模样，大惊失色，不断追问缘由。

“没事。”梅勒斯勉强挤出笑容，“我在城里还有事未办完，稍后必须尽快赶去。明天就举行你的婚礼吧，还是早些举行比较好。”

妹妹的双颊霎时飞上两片红晕。

“高兴吗？漂亮的衣裳也帮你买好了。来，你这就去通知村里人，告诉大家婚礼定在明大。”

梅勒斯踉踉跄跄回到家中，布置神灵祭坛，整理喜宴坐席，随后就一头栽倒在床上沉沉睡去，呼吸仿佛都已停止。

待他一觉醒来，天色已然漆黑。梅勒斯立刻起身拜访新郎家，并提议将婚礼改为明日。新郎牧人大为吃惊，忙称：“不行，我还全无准备，至少需等到葡萄成熟之时。”梅勒斯又进一步恳求道：“不能再等，请务必明日举行。”岂料新郎也极为顽固，怎样都不肯答应。两人争论至拂晓时分，梅勒斯终于连哄带劝地成功说服新郎。婚礼在当日正午举行。当新郎新娘完成向诸神的宣誓仪式后，一片乌云蔽住天日，疏疏落下几滴小雨，继而转为滂沱大雨倾盆而下。参加喜宴的村民们心里都泛起一阵不祥的预感，却仍是提起兴致继续欢笑庆贺，兴高采烈地打着节拍，欢声歌唱，毫不在意狭窄的房间里暑气蒸腾。梅勒斯亦是满面喜色，一时间甚至忘了同国王的约定。入夜之后，喜宴越发纷乱热闹，丝毫未被屋外的暴雨影响。梅勒斯真想永远停留在这一刻，真想与这群善良淳朴的人们共度此生，然而，他已经身不由己。世事终不能尽如人意。梅勒斯不断策励自己，决定返回都城。距离明天日落，时间尚算充裕，不如稍事休息，醒来便立即出发，到那时，想必雨势也会减弱。哪怕只在这家中多滞留片刻也好。纵然是梅勒斯这样的人，亦难免怀有眷念之情。他走到懵然沉浸在喜悦中的新娘身边。

“恭喜妹妹了。我有些累，要先失陪了，想去睡一觉。醒来后我有很重要的事，要赶着进城。纵使我不在，你也已经有了一位温柔的丈夫，绝不会感到孤独。你知道哥哥最讨厌的就是怀疑和欺骗，你们夫妻之间一定不要有任何隐瞒。我要告诉你的，就只有这一件事了。哥哥还算是一个顶天立地之人，你大可引以为傲。”

新娘懵懂地点点头。梅勒斯又拍了拍新郎的肩。

“我们彼此都没准备充分，我家除了妹妹和羊之外，别无长物。现在我全都交托于你。还有，我希望你能以成为梅勒斯的妹夫为荣。”

新郎手足无措，略显羞涩。梅勒斯笑着同客人们逐一打过招呼后，离开宴席，钻进羊舍，沉沉睡去。

睁开眼睛，已是次日黎明，梅勒斯跳起身来。糟糕，睡过头了！不，还赶得及，马上出发的话，离约定的时限还绰绰有余。今天，我定要让国王知道人与人之间的信任切实存在，然后自己再笑着登上刑台。梅勒斯从容地着手准备出发。看起来雨势小了几分。打点妥当之后，梅勒斯奋力舞动双臂，如离弦之箭冲入雨中。

今晚我就要被处死了。我这是为赴死而跑，为解救代我被囚的朋友而跑，为粉碎国王的邪念而跑。我必须跑。然后，我会被处死。名誉需从年轻时就善加珍惜。别了，家乡！年轻的梅勒斯痛苦万分，数次想停下奔跑的步伐。嘿！嘿！他一面呵斥自己，一面不停地跑。奔出村落，跨过原野，穿过树林，到达邻村时，雨已住，唯见红日高悬，天气逐渐热了起来。梅勒斯用手拭去额头的汗水，想着一切已成定局。对家乡的眷念已然了却，妹妹妹夫也定会恩爱度日，如今我终于可以无牵无挂，只需径直前往王城。不用心急，慢慢走吧。梅勒斯又恢复了天生的悠闲气度，用悠扬的歌声唱起了喜爱的小调。

如此又溜达了二十多里，行程即将过半。然而从天而降的灾难让梅勒斯蓦然停下了脚步。前方的河流。昨日的那场暴雨竟使得河水源头泛滥，与滔滔浊流汇集在下游，一举冲毁了木桥，隆隆作响的急流将整座桥梁都卷成了木屑渣滓。他茫然呆立原地，目光四处寻觅，随后高声呼喊，然而渡船已被浪涛吞噬得毫无形迹，连船夫也不见影踪。河面兀自还在上涨，形如一片汪洋。梅勒斯在河岸蹲下，泪水夺眶而出，他举起双手向宙斯哀求：“啊，请求您平息这狂暴的巨流吧！时间分秒流逝，太阳已升至中天，若是在它沉落之前我无法赶到王城，我那位好友就会因我而枉送性命！”

洪流似乎有意嘲笑他的哀求，翻涌得越发疯狂，层层巨浪此起彼伏，奔腾不休。与此同时，时间也在飞逝。至此，梅勒斯醒悟：除了游水渡河别无他法。“啊，乞神照鉴！发挥爱与诚信的伟大力量战胜洪流的时刻到了。”梅勒斯扑通一声跳入河中，与宛如百条大蟒般翻滚的巨浪展开了殊死搏斗。他将全身之力都灌注于手臂，艰难地拨开翻涌来的股股急流，以雷霆万钧之势奋力前进。终于，神灵也为之动容，降下怜悯。尽管被河水冲得东倒西歪，梅勒斯仍幸运地抱住了对岸的树干，借力攀上了岸。谢天谢地。梅勒斯如同骏马一般，抖了抖身躯，立即向前疾奔而去。须臾都不可浪费，太阳已然开始西斜。梅勒斯连连喘着粗气爬上了山顶，松了一口气后，眼前突然跳出一伙山贼。

“站住！”

“你们做什么？我必须在日落之前赶到王城，放开我！”

“行啊，把身上所有东西都留下再说！”

“我除了一条命，别无他物。而这仅有的性命也将交给国王了。”

“那我们就取你这条命！”

“如此说来，你们是奉国王之命在此等我的吗？”

山贼们不再多言，齐齐操起棍棒。梅勒斯弓下身子，忽如飞鸟一般直扑身旁的一名山贼，夺下其手中的棍棒。

“对不住了，我这也是为了正义！”伴随着话音他猛然出击，转眼间便打倒了三人，趁着余下的山贼心惊胆怯之际，一口气冲下山。经此一役，梅勒斯着实有些疲惫不堪，又恰值午后炽烈的阳光炙烤，他竟数次感到眩晕。这样可不行啊！梅勒斯强迫自己重振精神，摇摇晃晃地行出几步，终于支撑不住，双腿一软跪倒在地，再也爬不起来。他仰头望天，心中的不甘化作泪水奔涌而出。

“啊！啊！横渡洪流、打倒三名贼匪的飞毛腿，突破重重难关来到此地的梅勒斯啊！真正的勇士，梅勒斯啊！可怜你如今却累瘫在地，动弹不得。你亲爱的朋友只因信任你，却招来杀身之祸。你真是百年难遇的无信之人，正中国王下怀！”梅勒斯试着鞭策自己，然而全身仍是绵软无力，已经连青虫蠕动的那点距离都无法前进了。他翻身躺在路旁的草地上，身心俱疲。

“罢了，随他去吧。”勇士不应有的劣根性在此时苏醒，侵占了他心灵的一角。

“我如此努力，未有过一丝背叛约定的私心。诸神为证，我已经竭尽全能，直到跑得再无力动弹。我并非背信之人。啊，如果可以的话，我真想剖开我的胸膛，让您看看我那鲜红的心脏。我多想让您看看我这颗仅凭着爱与诚信的血液跳动的心脏！可是，在这么重要的时刻，我却已经筋疲力尽，我真是个极其不幸的人。我必定会遭受耻笑，我的家人也会为世人所嘲笑。我欺骗了我的朋友。在中途倒下，与从一开始什么都不做，根本没有区别。

“啊，罢了，怎样都好。或许，这就是我的宿命吧。塞伦提乌斯啊，原谅我。你总是信任我，我也未曾欺骗过你。我们是真正肝胆相照的朋友，黑暗的疑云从未在彼此心里降临。直到此时，想必你仍是一心等待着我。啊，一定还在等着我吧。谢谢你，塞伦提乌斯，谢谢你深信我。”思及此，梅勒斯心中万分难受。朋友之间的信任，是这世上最值得夸耀的瑰宝。塞伦提乌斯，我已经尽力奔跑了，绝无半点欺骗你的意思。求你相信我！我拼命地赶到了这里，突破洪流的阻挡，冲出山贼的包围，一口气跑下山来到这里。正因为是我，才做到的呀！啊，不要再对我抱以任何期许，我只能这样了。无论怎样都好，我已经输了。

我真没用，尽管嘲笑我吧。

“国王曾私下嘱咐我晚些回去，并且许诺，倘若我迟到，就杀了做我替身的朋友，而赦免我。我虽憎恨国王的卑劣，然而事到如今，竟被他一语道中，我大概是赶不回去了。想必国王定会自以为是地大笑，然后若无其事地赦免我。如果事情果真发展成那样，我无疑比死更难受。我将永远背负背叛者之名，沦为这世上最可耻之人。塞伦提乌斯啊，到那时我也会死的，让我随你同去吧。我知道你一定会相信我！

“不，这也许只是我在惺惺作态罢了。啊，干脆作为一个败德之人苟活下去吧。村庄里有我的家，还有我的羊，妹妹妹夫总不至于将我赶出村子吧。什么正义、诚信、爱，仔细想来，根本毫无意义。杀死他人以换取自身生存，这不正是人类世界的法则吗？啊，一切都荒谬至极。我是丑陋的背叛者，索性任意而为吧。反正我已无力回天。”

梅勒斯伸展四肢，昏昏沉沉地打起盹来。

恍惚间，耳边传来潺潺的流水声。梅勒斯微微抬头，屏住呼吸侧耳倾听，似乎脚边有流水淌过。他挣扎着起身一看，果然有股清泉自岩石的裂缝中汩汩流出，流水声如喃喃细语。仿佛被泉水的魔力所吸引，梅勒斯连忙弯下腰，用双手掬起一捧水一饮而尽，随后深深吐出一口气，顿觉如梦初醒。走得动了，出发吧。随着体力的恢复，梅勒斯心中又燃起了些许希望。这是履行责任的希望，是以死来捍卫名誉的希望。

斜阳洒下赤红色的光芒，照在林间密叶上，映得枝叶如燃烧般熠熠生辉。距离日落尚有一点时间。“有人正等着我，有人正毫不怀疑只是静静地等着我。我如此地被人信赖，性命又算得了什么。别再说什么以死谢罪这种轻巧话，我必须要回报他这份信赖，现在我要做的，就是这一件事而已。”奔跑吧！梅勒斯。

“我被人信赖，我被人信赖。先前那恶魔的耳语，只是梦而已，只是一场噩梦。忘了它吧。形神俱疲之时，才会遭遇那种噩梦。梅勒斯，你无须引以为耻。你还是真正的勇士。你不是能够站起来继续奔跑了吗？谢天谢地！我总算能以正义之身死去。啊，太阳正在西沉，一寸一寸不断下沉。等一等，宙斯啊！我自打出生时起就是个诚实的人，让我作为一个诚实的男人死去吧！”

梅勒斯不时推开或是撞开路上的行人，好似一阵旋风般狂奔而过。他从原野上正在举行的酒宴中间穿过，撞翻了席上的宾客，踢开了脚边的小狗，跃过了拦路的小溪，用比太阳下沉还要快十倍的速度奔跑着。与一群旅人擦肩而过的瞬间，梅勒斯无意间听到了一段不祥的对话：“现在这时候，那人已经被架上处刑台了吧。”

“啊，那人，就是为了那人，我正在如此拼命奔跑着。我一定不能让他死掉。快点，梅勒斯！你绝不能迟到。眼下，正是向世人展示爱与诚信的最好时机。”

顾不上什么仪态了，此时的梅勒斯几近全裸，甚至连呼吸都困难，鲜血不时从口中喷出。看到了，他看到了远处那座希拉库斯城的塔楼。夕阳的余晖下，塔楼正闪闪发光。

“啊，梅勒斯先生。”风中传来一阵忽隐忽现的声音。

“是谁？”梅勒斯没有停下奔跑的步伐。

“我是菲勒斯特拉特斯，是您的朋友塞伦提乌斯先生的徒弟。”这个年轻的石匠也跟在梅勒斯的身后一边跑一边大声喊道，“已经来不及了，没有用的。请您停下吧，您已经救不了他了！”

“不，太阳尚未沉下！”

“现在差不多正在执行他的死刑了。唉，您来晚了。我怨恨您。如果您能早一点，再早一点点的话！”

“不，太阳尚未沉下！”梅勒斯心如刀割，直盯着那轮巨大的血色残阳，心中只有奔跑这一个念头。

“别再跑了，请您停下吧！现在保重您自己的性命更为重要。他一直是相信您的，即使被押赴刑场之时，他也依然心平气静。无论国王如何嘲弄，他都坚决地回答梅勒斯会来的。”

“正因为如此我才要跑。因为他相信我，所以我要跑。不是能否赶得上的问题，也不是人命的问题，我是为了一种更加伟大，更加值得敬畏的东西而跑。跟我来！菲勒斯特拉特斯。”

“天哪，你疯了吗？那你还是跑吧，说不定还来得及。拼命跑吧！”

太阳尚未沉下，梅勒斯自不待多言，拼死使出最后的一丝力量，奔跑着。梅勒斯的脑中一片空白，没有任何想法，只是被一股莫名的巨大力量牵引着不断奔跑。残阳摇曳着没入地平线，正当那最后一线余光也即将消失之际，梅勒斯如疾风一般冲进刑场。赶上了。

“等等，你们不能杀他。梅勒斯回来了。按照约定，现在回到了此地！”梅勒斯原本想要对着刑场的群众大喊，可是他的喉咙受损，只发出了沙哑而微弱的声音，人群里没有一个人注意到他的到来。十字架已然高高竖起，绳子束缚着塞伦提乌斯，正将其缓缓地吊上去。目睹这一幕，梅勒斯使出最后的勇气，犹如先前横渡洪流一样，拨开一层又一层的群众。

“是我，刑吏！应该被处死的是我，梅勒斯。他只是代我受押而已！”

梅勒斯使尽全力用嘶哑的嗓音喊道，同时总算爬上了处刑台，紧紧抱住正被吊上去的朋友的双脚。

人群沸腾起来。“干得好！放了他！”人们争相呼喊着。终于，塞伦提乌斯被松绑了。

“塞伦提乌斯。”梅勒斯泪水盈眶，“打我吧，狠狠打我的脸。途中，我做了那么一次噩梦。如果你不肯打我的话，我连跟你拥抱的资格都没有。打我！”

塞伦提乌斯仿佛知晓一切似的点了点头，一拳打向梅勒斯的右颊，声音响彻整个刑场。随后，他露出温柔的微笑。

“梅勒斯，打我。用和刚才同样大的声响打在我的脸上。在这三天里，我只是稍微怀疑了你一次，那是我有生以来第一次怀疑你。倘若你不打我，我也无法跟你拥抱。”

梅勒斯将力量集中于手臂，重重地打了塞伦提乌斯的脸颊。

“谢谢你，我的朋友！”两人同声说道，紧紧地拥抱在一起，喜极而泣，放声痛哭。

人群中亦响起一片欷歔之声。暴君迪奥尼斯一直在人群身后注视着两人，随后静静地走近两人，羞愧地说道：

“你们的初衷达成了。你们战胜了我的心，原来诚信绝不是虚无的妄想。能让我加入你们吗？希望你们答应我的请求，让我成为你们的同伴。”

霎时，人群中欢声雷动。

“万岁！国王陛下万岁！”

一位少女给梅勒斯献上了一件绯红色的斗篷。梅勒斯一时间茫然失措。好友体贴地提醒他：

“梅勒斯，你不是还一丝不挂吗？快披上这斗篷吧。这位可爱的姑娘舍不得让大家看到梅勒斯的裸体呢。”

勇士闻言，羞得满脸通红。

（改编自古希腊传说及席勒诗歌）